水槽の中

畑野智美

角川文庫
23094

目次

桜の花びらが舞う中で、海老《えび》の天ぷらが揺れる。

満開を少し過ぎた桜は、雪が降るように花びらを散らしていく。

天ぷらは、右へ左へ揺れつづける。

花びらが衣に引っかかった。

ギュッとつかんで、揺れを止める。

「ああ、おはよう」マーリンは半分眠っているような目で、わたしを見る。

「おはよう。これ、新作？」天ぷらから手をはなす。

「そう。これもね」カバンを開けて、ベーコンエッグが載ったトーストを出す。

「凝ってるね。気持ち悪いね」

「気持ち悪くはない。あっ、ちなみに、天ぷらは自分で作ったの」目が覚めた顔になり、たいらな胸を張る。

「へえ、だから、クオリティが若干低いんだ」

改めて、揺れている海老の天ぷらを見る。

衣にかたまりがあり、あまりおいしそうではない。

たとえ、おいしそうに見えたところで、天ぷらもトーストも食べられない。両方とも、蠟《ろう》でできた食品サンプルだ。

天ぷらはキーホルダーになっていて、マーリンの通学カバンにぶら下がっている。春休み前には、さくらんぼの載ったクリームソーダがぶら下がっていたのに、なくなっていた。かわいさよりも、自分で作ったものをみんなに見せたいという気持ちを優先したのだろう。

高校二年生になったばかりの女子として、その判断は間違っているんじゃないかと思う。

ベーコンエッグが載ったトーストは、スマホのケースだ。

こちらは買ってきたものなので、食べられそうと思えるくらい、良くできている。目玉焼きのツヤが美しくて、箸《はし》をさしたら、黄身がトロッと出てきそうだ。でも、男の子と仲良くなって、連絡先を交換しようという時にこれを出したら、相手は引くに違いない。わたし同様にマーリンにも、そんな機会はないのだけれど、自ら遠ざけている気もする。

「今度、遥《はるか》も作りにいこうよ」マーリンが言う。

「行かない」わたしは、首を横に振る。

「不器用でも、レタスぐらい作れるよ」

「いや、不器用だからっていう問題じゃなくて、レタスいらないから」

マーリンの家に遊びにいった時、東京で講習を受けて作ったレタスを見せてもらった。東京まで電車で一時間かけて何度も通い、上達したということだ。本棚の上に、黄緑色の葉を丸めたものが七個並んでいた。進化するように、左から右に向かってレタスに近くなっていく。

「作りたくなったら、言って」

「わかった。多分、作りたくならないけど」

「春休み、何してた？」

「……何も」

「だろうね」あきれたように、マーリンは笑う。

「自分だって、天ぷら作っただけでしょ？」

「まあ、そうだね」

山の上から強い風が吹き、桜の花びらが舞い散る。

髪やブレザーやスカートに、花びらが落ちる。

わたしもマーリンも気にせず、坂を上っていく。

一年前の入学式の時には、桜並木の坂道が通学路なんて素敵！　この高校に入れて良かった！　と思ったのだが、今はただしんどいだけだ。この通学路に憧《あこが》れて、受験勉強をがんばったのに、しんどいとしか感じられない。

て歩いている。

ほとんどの生徒が、辛《つら》そうな顔でこいでいる。もしくは、途中で降りて、自転車を押し

自転車通学の生徒もいるが、坂道を軽々と上っていけるのは、運動部の数人だけだ。

坂が急すぎる。

下の方は住宅街なのだけれど、坂を上るうちに、家が減っていく。学校の周りには何もなくて、森が広がっている。土地がありあまっているのだから、もう少し低い場所に校舎を建てても良かったのではないかと思う。たまに山を越える車が走っていく以外は、うちの高校の生徒と関係者しか通らないので、桜の木はほとんど整備されずに思い切りよく枝を伸ばしている。

長い坂道を上りきり、正門を抜ける。

左側に行くと広いグラウンドがあり、右側に行くと体育館と校舎が建っている。

体育館の前を通って、南校舎に入る。

一年生と三年生の教室は北校舎で、南校舎に教室があるのは二年生だけだ。

昇降口に先生がいて、クラス分けの表を配っていた。

一学年五クラスで、三年間毎年クラス替えがある。

「おはようございます」クラス分けの表をもらい、マーリンと一緒に昇降口の隅へ行く。

あ行から順番に並んでいるので、上から探せば、井上《いのうえ》遥というわたしの名前はすぐ見つかる。逆に、下から探すと、マーリンの名前の綿貫《わたぬき》茉莉《まり》がすぐ目に入る。三組に自分

の名前を見つけてから、同じクラスにマーリンもいることを確認する。

同時に表から顔を上げて、無言で微笑み合う。

周りにいる他の女子は、叫ぶのに近い声を上げて、喜んだり悲しんだりしている。男子も、誰と誰が一緒、と騒いでいる。わたしとマーリンは、何も言わないまま三組の下《げ》駄《た》箱に行く。持ってきた上履きに履き替えて、ローファーを自分の下駄箱に入れる。

「いやあ、今年もよろしくね」わたしからマーリンに言う。

「修学旅行もあるしね」

「そうだよね」

話しながら階段を上がり、三階まで行く。

五つ並んでいるうちの真ん中が三組の教室だ。

教室に入ると、黒板に大きく「出席番号順に座るように。窓側から女子、男子、女子、男子、女子、男子」と、書いてあった。

座席表も貼ってあるが、わたしは女子の四番だから、見なくてもわかる。マーリンは、女子の一番後ろだ。

「じゃ、また後で」マーリンは、廊下側から二列目の自分の席へ行く。

「後で」わたしも、自分の席に向かう。

座席表を見ていたり、教室の真ん中で騒いでいたり、一人で静かに座っていたりするクラスメイトを見ながら、誰がいるのか確かめていく。去年も同じクラスだった友達が何人かいるし、同じ中学だった友達もいる。意地悪そうな男子はいないし、派手すぎて怖い感じの女子もいない。一年間、楽しく過ごせそうだ。

窓側一列目の前から四番目、自分の机にカバンを置き、席に着く。

外を見ると、桜並木の坂道の先に、海が広がっている。

春の海は、空をうつしたような水色だ。

うちの高校の中で、海が見えるのは、南校舎とグラウンドからだけで、北校舎や新校舎や体育館からは見えない。旧校舎からも見えるらしいのだけれど、今は使われていなくて、立ち入りが禁止されている。

南校舎三階の真ん中の教室は、特に眺めがいいと言われている。

二年三組は、「あたり」だ。

海辺の町に生まれ育ち、子供の頃から毎日のように海を見ている。

通学で乗る電車は、海岸沿いを走る。

それでも、海の見える教室は「あたり」だと感じる。


校長先生の話は長いし、おもしろくない。

ちゃんと聞けば、ためになるのかもしれないけれど、校長先生は無表情で口元以外は一切動かさずに話しつづけていて、つまらない話をしているようにしか見えない。一クラス四十人前後の五クラスが三学年で、全校生徒は六百人近くいる。六百人の高校生が退屈そうに並んでいる前で、長々と話せるなんて、校長先生というのは無神経なぐらいではないと務まらないのだろう。

始業式は、体育館で行われる。

式の後には対面式というのがあり、一年生の代表が二年生と三年生にあいさつをする。なので、昨日入学したばかりの一年生も始業式に参加している。一年一組から三年五組まで、各クラス男女二列で並ぶ。二年三組は真ん中になり、壇上で話している校長先生の日の前に並ぶことになる。緊張感のある場所だと思ったが、校長先生の話が長すぎて、だれてきた。みんな小声で話していて、全体的にざわついている。

なんとなくの背の順で、わたしはクラスの女子の真ん中ぐらいにいる。前には、マーリンが並んでいる。全校生徒の中心にわたしたちはいるということだ。

先生たちは、喋《しゃべ》る生徒を注意しながら列の後ろを歩いているか、体育館の端に並んで立っている。ここはどちらからも見えない位置だ。マーリンは立ったままで眠ろうとしているのか、身体が左右に揺れる。隣に並ぶ男子は、いつか倒れてくるんじゃないかと構えるような顔で、マーリンを見ていた。立ったままでも眠れるのがマーリンだから、倒れたりはしない。倒れるとしても、わたしがいることを計算した上で、後ろに倒れてくるだろう。

同じ話をリピートしているのではないかと思えるくらい、校長先生の話は延々とつづく。

暇なので、三年生の方を見る。

二年四組と五組の向こう、三年一組の男子の真ん中辺りに谷田部《やたべ》先輩がいる。五組だったら、隣に並べた。

谷田部先輩は、前に立つ男子と小声で話している。

春休み中に新しく買ったのか、前とは違うべっこう縁の眼鏡をかけていた。紺のブレザーに紺色のネクタイとグレーのチェックのパンツというなんの変哲もない制服も、谷田部先輩が着るとお洒落《しゃれ》に見える。ネクタイの色は、学年ごとに違う。今年は、一年が緑で、二年が臙脂《えんじ》で、三年が紺だ。女子は同じ色のリボンをつける。紺が一番大人っぽくて、素敵だ。臙脂は、中学生みたいで、あまり好きじゃない。谷田部先輩は前にいる男子に顔を寄せ、耳元で囁《ささや》くようにして話す。その姿に、胸の辺りが締め付けられる。

去年、入学したばかりの頃、初めて学食に行った時に谷田部先輩を見かけた。谷田部先輩は、わたしの斜め前に座って、カレーを食べていた。かっこ良くて人気のある生徒は、他にいる。サッカー部やバスケ部だと、それだけで評価が上がる。放課後や週末はサーフィンをやっていて、雑誌に載るような生徒も何人かいる。谷田部先輩の良さは、そういう人たちとは違う。かっこいいとか、恋愛として好きとかではない。猫や犬の動画を見た時に近い感情だ。でも、かわいいとも違う。「萌《も》え」というやつではないかと思う。絶妙なバランスのお洒落さや男同士で話している時の笑顔を見ると、どうしてかわからないが、胸が苦しくなってくる。

一回も話したことがないので、向こうはわたしを知らない。今日みたいな式典とかで全校生徒が集まる時に、できるだけ観察するようにしている。

「井上、井上」隣に並ぶバンちゃんがわたしの腕を叩《たた》く。

「何？」谷田部先輩から視線を逸《そ》らし、バンちゃんを見る。

「クイズ出していい？」

「良くない」

「なんで？」

「だって、また、考古学の話でしょ？」

バンちゃんは、学年に二人しかいない考古学部員だ。三年生の三人が引退したら、部の存続が危うくなる。しかし、危ういと言いながらも、毎年二人か三人は新入部員が入るようだ。全国大会に出たこともあり、考古学部に入りたくて、うちの高校を目指す人もいるらしい。考古学部が何を競う大会をやっているのかは、全く想像できないが、聞かないようにしている。バンちゃんに聞くと、話が長くなるし、部に勧誘される。男子しかいないから、女子というだけで歓迎されるしもてると言われても、入ろうと思えなかった。

「考古学の話じゃないから」

「じゃあ、何？」

「日本にある坂のうち、上り坂と下り坂、多いのはどっちだ？」

考古学ではないけれど、バンちゃんの得意とする地理の問題だ。上り坂と下り坂で、そんなに数は変わらないと思うが、上りの方が多い気がする。

「どっちだ?」考えるのを邪魔するように、バンちゃんは言う。

「ちょっと待って」

「下り坂」マーリンが振り返る。

「上り坂だよ」わたしが答える。

バンちゃんは笑い、マーリンの隣にいる男子も、笑う。

去年も同じクラスで、普段からよく話すバンちゃんに笑われるのはいい。バンちゃんは、男女を意識せずに話せる友達だ。だが、そうではない男子に笑われるのは、恥ずかしかった。マーリンの隣にいる男子とは、去年は違うクラスだったため、名前がまだわからない。谷田部先輩と同じようなべっこう縁の眼鏡をかけていて、知的キャラという感じがする。長めの前髪が眼鏡の縁にかかっている。上履きにも、名前は書いていない。始業式の後のホームルームで、自己紹介をするはずだから、その時にわかるだろう。

「同じだよ」バンちゃんが言う。

「なんで?」わたしとマーリンは、声を合わせる。

「正門前の坂は?」マーリンの隣にいる男子が言う。

「上り坂」わたしが答える。

「下り坂」マーリンが答える。

「二人とも、バカなんじゃないのか」あきれたように、バンちゃんは笑う。「オレとしては、期待通りの答えだけどな」

「どうして？」わたしとマーリンは、また声を合わせる。

「坂道は下から見たら上り坂、上から見たら下り坂」マーリンの隣にいる男子が説明してくれる。「つまり、全ての坂道は、上り坂でもあり下り坂でもある」

「ああ、そういうことね」わたしが言う。

恥ずかしさで、顔が熱くなってくる。

どうして、そんな簡単なことがわからなかったのだろう。

「ええっ、それくらいはわかるよ」マーリンが不満そうに言う。「でも、もっとおもしろい話かと思ったんだもん」

「そうだよ」わたしも同意して、バンちゃんを責めることにより、恥ずかしさをごまかす。

「えっ？」バンちゃんは、気まずそうにする。

「なんていうかさ、バンちゃんの話はいまいちおもしろくないんだよね」マーリンは、バンちゃんを責めつづける。「ひねりがなくて、ストレートだから、驚きもない。校長先生の話に退屈しているところで、そんな普通のクイズ出されても、困るわけだよ。もっと目が覚めるような問題を考えてくれないと」

「はい、すみませんでした」頭を下げて、バンちゃんはマーリンに謝る。

「次までに、ちゃんと考えてきてね」そう言って、マーリンは前を向く。

軍配は、マーリンに上がった。

正門前の坂を聞かれて「下り坂」と答えたのだから、マーリンだって、わたしと同じように勘違いしていたのだろう。

マーリンとは、中学は一緒ではなかったので、高校生になってから友達になった。仲良くなったのは、去年の夏休み前だから、まだ一年も一緒にいない。けれど、何を考えているか、だいたいわかる。「心友」とか「ソウルメイト」とか言い合うクラスメイトを見て、ついていけないと感じていたのに、マーリンのことはそう思えた。それくらい気が合うし、同じことを考えている。

でも、同じ坂を見て、わたしは「上り坂」と感じて、マーリンは「下り坂」と感じているんだ。

校長先生の話がやっと終わり、新任の先生の紹介が始まる。

二年生の担任と副担任は去年と同じだが、教科の担当は変わるから、確認しておく。新任の先生は、三月まで大学生だった男の先生が二人、他の学校から来た女の先生が一人、ニュージーランドから来た女の先生が一人、計四人だ。可もなく不可もなくというところだ。

マーリンも同じ判断をしたみたいで、また寝ようとしていて、身体が左右に揺れる。

思った通りに、ホームルームでは全員が自己紹介をした。女子の一番からだったので、四番のわたしは「井上遥です。帰宅部です。映画や音楽が好きです」と、当たり障りのないことを言うだけで済んだ。同じような自己紹介がつづくと飽きるから、後半になると、変化を求められる。しかし、マーリンは、「綿貫茉莉です。帰宅部です。茉莉はジャスミンの花のことです」とだけ言って、終わらせた。

始業式の時にマーリンの隣に並んでいた知的キャラ男子は、「ミツイアルトです。考古学部です。今年こそ全国大会に出られるように、がんばります」と、自己紹介をした。学年に二人いる考古学部員のもう一人ということだ。それよりも、アルトという名前が気になった。クラス分けの表を見たら「満井有音」と、書いてあった。考古学系の知的キャラなのか、音楽キャラなのか、どっちなのだろう。

ついでに、バンちゃんの苗字《みょうじ》が「竹井《たけい》」であることも、確かめた。竹だからバンブーでバンちゃんとわかっていても、竹井なのか竹田《たけだ》なのか竹内《たけうち》なのか、すぐに忘れてしまう。

ホームルームの後は、体育館で部活紹介がある。

どの部に入るか決めていても、部に入るつもりがなくても、一年生は絶対に参加しなくてはいけない。二年生と三年生は、自分の部の紹介に出ないならば、帰っていい。

帰宅部であるわたしとマーリンには関係ないことなので、帰ろうと思ったのだけれど、他にやることもないから見ていくことにした。

前の方に一年生が座っていて、二年生と三年生は後ろに座る。それぞれの部が準備したり、話し合ったりしている中で、わたしとマーリンは体育座りをして、ぼうっと舞台を眺める。

野球部が漫才を披露して、サッカー部がコントを披露する。

どちらも、おもしろくない。

運動部は、熱心に勧誘しなくても、試合に出られるくらいの人数は集まる。なので、どの部が一番おもしろいかの競い合いのようになっている。しかし、中途半端な漫才やコントでは、廃部寸前の落研にだって勝てない。落語なんて見たこともない生徒がほとんどなのに、落研の部員はきっちりと笑いを取る。でも、どれだけおもしろくても、新入部員は二人か三人いればいい方だろう。マジメに演奏する吹奏楽部や美しい声を響かせる合唱部の紹介がつづく。

去年、部活紹介を見ながら、何部に入るか考えた。

わたしもマーリンも、中学生の時は陸上部で、短距離をやっていた。違う中学校でも、大会で顔を合わせるので、お互いの存在は知っていた。県大会から関東大会に進めるかどうか微妙なところにいるライバル同士だったため、近寄らないようにしていた。陸上部の強い高校に入ろうと考えたこともあったけれど、自分の限界みたいなものは見えていた。高校三年生までつづけたところで、タイムが大幅に縮むことはないだろうし、インターハイに出られることもない。中学生の時とは違うことをやりたいと思い、この高校を受けた。同じクラスにマーリンがいるのを見た時は、気まずさに絶句した。最初は関わらずにいたのだが、お互いに帰宅部なので一緒に帰るようになり、仲良くなった。

部に入るのに、今からでも遅くないと思う。

バスケ部やバレー部みたいな本気の運動部には、二年生からでは入りにくい。楽器は何もできなくて、歌うのも得意ではないから、吹奏楽部や合唱部も無理だ。だが、みんなで楽しく活動することを目的としている部もあるし、考古学部や落研のように廃部寸前だから名前を書いた入部届けだけでも欲しいという部もある。何もやらないよりは、何かやった方がいい気がする。でも、どの部もなんか違うという感じがする。何がどう違うかはうまく言えないけれど、なんか違う。わたしは、部活に熱心になる以外の青春を送りたくて、この高校に入った。

考古学部の番になり、五人の部員が舞台袖《そで》から出てくる。

五人で部員全員なので、バンちゃんとアルトもいる。

「冴《さ》えないなあ」マーリンが言う。

「冴えないねえ」わたしが言う。

運動部の男子と比べて、バンちゃんもアルトも三年生の三人も、身体が一回り小さいように見える。野球部やサッカー部にも小柄な男子はいるし、バンちゃんもアルトも平均身長より少し高いくらいだから、そんなことないはずなのに、妙に小さく見える。人前に出ることに対する慣れや自信の問題だろう。

三年生が部の活動や実績について説明する。バンちゃんとアルトは説明に合わせて、模型を出したり実績をまとめた表を開いたりする。三年前に全国大会に出たことを強調するが、その時の部員はもう誰もいない。過去の栄光を語るのをやめて、今の自分たちをアピールした方がいいんじゃないのだろうか。

一年生の興味を引けないまま、考古学部の紹介が終わる。

「帰ろう」マーリンは立ち上がり、スカートを軽くはたく。

「ああ、うん」

谷田部先輩の所属するテニス部の発表が次の次だから見たかったのだけれど、言えなかった。わたしが谷田部先輩萌えであることをマーリンは知っている。もうすぐだから見たいと言っても、笑ったりなんてしない。でも、なんだか言いにくい。部活紹介に出るほど熱心に谷田部先輩は練習に参加していない。準備をしているテニス部員の中にもいないようだ。見なくてもいいと自分に言い聞かせる。

わたしも立ち上がり、スカートを軽くはたいて、プリーツを直す。

体育館から出たところで、発表を終えたばかりのバンちゃんとアルトとすれ違った。

「見てたの？」バンちゃんが聞いてくる。

「うん」マーリンがうなずく。

「考古学部、入る気になった？」

「ならない」

声を揃えて、わたしとマーリンが答えると、アルトが笑う。

アルトの笑い声は、アルトではなくて、ソプラノだ。話す声よりも高くて軽やかに響く。合唱部にでも入った方がいいように思えるけれど、アルト自身が考古学部を選んだのだろう。

「じゃあね」

「じゃあな」

バンちゃんとアルトと別れて、体育館を出る。

グラウンドでは、野球部やサッカー部の紹介に出なかった部員が練習している。うちの高校に、陸上部はない。五年前まであったが、人数が足りなくて、廃部になったらしい。運動部に入りたい生徒は他の部に入るし、陸上をやりたい生徒はうちの高校には入らない。

南校舎の昇降口に行き、上履きからローファーに履き替える。

「お腹すかない？」マーリンが言う。

「すいた」

いつもだったら、もうすぐ昼休みになる時間だ。

「学食でなんか食べる？」

「そうしよ」

学校から坂を下りて、駅に着くまで、お店は一軒もない。一つ隣の駅に行けば、雑誌に載るようなカフェが何軒かある。だが、うちの高校は校則がまあまあ厳しい私立だから、今日みたいに早く終わる日は、生徒が寄り道しそうなところには先生がいる。見つかると、生徒手帳を没収される。

北校舎の裏にある新校舎に行く。

新校舎の一階には学食が入っている。二階に図書室があり、三階が柔剣道場になっている。

学食はすいているだろうと思ったのに、部活紹介を終えた二年生と三年生で意外と混んでいた。普段の昼休みほどではないが、半分くらい席が埋まっている。

「ちゃんと食べる？　コロッケだけとかにする？」食券の販売機の前で、マーリンに聞く。

「ちゃんと食べる」

「じゃあ、わたしもそうしよう」カレーの食券を買う。

カウンターでおばちゃんに食券を渡す。適当によそっているように見えても、ごはんもカレーもいつも同じ量で、豚肉が一枚だけ入っている。マーリンも、カレーだった。

カレーを受け取り、端っこのあいている席に並んで座る。

うちの高校は上下関係が厳しいというほどではないけれど、ネクタイとリボンの色で学年がわかるので、全く意識しないでいるのは難しい。一年生の女子は立場が弱い。三月までは、学食にいても落ち着かなかった。近くに三年生の男子に座られると、無言の圧力をかけられているような気がした。二年生になり、立場が少し上がったので、堂々とカレーを食べられる。

「お昼食べるって、おじさんに連絡しなくていいの？」

「ああ、忘れてた」マーリンはカバンからスマホを出して、カレーを食べながら操作する。

マーリンのうちはお母さんが働いていて、お父さんが家のことをやっている。お父さんは一人娘のマーリンのことを溺愛《できあい》しているので、帰りが少しでも遅くなると大騒ぎして、電話をかけてくる。心配させないように、マーリンから先に連絡しなくてはいけない。うちの両親は共働きだから、連絡しなくていい。

「焼きそばの準備して、待ってたらしい」スマホをカバンに戻して、マーリンが言う。

「もったいない」

「夕ごはんに食べるからいいよ」

「夕ごはん、焼きそばでいいの？」

「なんで？」

「夕ごはんには、ごはんとおかずが欲しいじゃん」

「焼きそばをおかずにして、ごはん食べる」

「ダブル炭水化物で、太りそうなやつだね」

「太りそうなごはんを食べるために、ちょっと走ろうかなって、たまに思う」

「走ってんの？」

「ううん」マーリンが首を横に振るのに合わせて、肩に届かない長さの髪も揺れる。

中学生の頃、マーリンはショートカットだった。陸上をやめて、はじめて伸ばしたらしい。わたしは子供の頃からずっと長いままで、腰まである髪を下ろしている。走る時には、結んでいた。髪を切ったらもっと速く走れるかもしれないと思っても、切りたくなかった。

「もう走る気しないよね」わたしが言う。

「坂道上るだけでキツいもん。中学生の時、よくあんなに走れたって思うよ」

「でも、走る分だけ食べられた生活に戻りたいとは、わたしもたまに思う」

「春限定のお菓子がおいしくてねえ」

「さくら味のシェイク飲んだ？」

「さくら……？」マーリンが眉《まゆ》をひそめる。

「桜餅《もち》みたいな味がするやつ」

「それ、おいしいの？」

「最初は、おいしくないって思ったけど、クセになる。春休み中に三回くらい飲んだ」

「へえ。これから行く？」

「今日は、マズいでしょ。先生につかまるよ」

話しながら、カレーを食べていく。

一枚だけ入っている豚肉は、わたしもマーリンも最初に食べた。

食べ終えたらカウンターに食器を返し、学食を後にして、正門から出る。

朝から盛大に花びらを散らしていたのに、まだ桜の花は残っている。

永遠に花びらが舞いつづけるんじゃないかと思える。

「どうして、下り坂って言ったの？」マーリンに聞く。

「何が？」

「バンちゃんのクイズ」

「だって、下りの方が眺めがいいじゃん」

「そっか」

桜の木は、ピンク色のトンネルを作っている。

その先に、海が見える。

花びらが海に吸いこまれていくようだ。

「それに、下りの方が楽だし」

「そうだね」

わたしとマーリンの横を、自転車に乗った生徒が怖いくらいのスピードで下っていく。

数学の小山田《おやまだ》先生の言っていることは、さっぱりわからない。

複素数、因数定理、高次方程式、これらの言葉はいったい何を表しているのだろう。ニュージーランドから来て、授業中は英語しか喋《しゃべ》らないジェニファーの言うこと以上に意味不明だ。ジェニファーの言うことだってほとんど聴き取れなくて、全然わからないのだけれど、いつかわかる日が来る気はする。小山田先生の言っていることを理解できる日は、一生来ないと思う。

大人になったら数学なんて使わないだろうし、数学の試験がない大学を受ければいいし、算数の範囲のことができれば充分じゃないかと思うが、このままではマズい。

来週は、一学期中間試験だ。

赤点を取れば、追試がある。追試に受からなかったら、三年生になれなくなる。一回追試を落としたぐらいで留年が決まったりなんてしないらしいけれど、一学期中間で赤点を取ったら、三学期期末まで取りつづけそうだ。

みんなは、小山田先生の言うことがわかっているのか、黙々とノートをとり、問題を解いている。

この教室にいる四十人は、同じくらいの成績で入学したはずだ。それなのに、一年と一ヵ月半の間で、大きく差が開いた。

しかし、もともとの差もあるのだろう。

中学生の頃、わたしは部活ばかりやっていて、成績はあまり良くなかった。内申点を考えると公立は厳しい、と中三の時の担任から言われた。私立にしぼって、学校見学に行ったり、学校案内を調べたりして、写真で見た桜並木の通学路に一目惚《ぼ》れして志望校を決めた。その時すでに、夏休みが終わろうとしていた。わたしの偏差値では、どう考えても入れそうになかったから、必死に受験勉強をした。桜並木の写真を机の前に貼り、絶対にあの高校に通うんだと思いながら、睡眠時間や遊ぶ時間を削ってがんばった。部活を引退して、陸上をつづける気がしなくて、違う目標が欲しかったのだと思う。努力した結果、無事に合格した。そこで、緊張の糸が切れた。

余裕の成績で合格した生徒だっているのだから、わたしみたいにギリギリで合格した生徒は入学後も努力しつづけなくては、簡単に落ちこぼれていく。

去年の今頃はまだ、小山田先生の言っていることが理解できた。

マーリンと遊ぶようになり、二学期が始まった頃から、わからなくなった。だが、マーリンのせいではない。席が離れているから授業中は喋れないし、こっそり手紙を回し合ったりもしない。そして、マーリンは、数学の成績はいい。難しくなっていく授業に、わたしがついていけなくなっただけだ。一年生の時は、どうにか赤点を取らずに済んだけれど、もう限界という感じがする。

余計なことを考えていないで、授業に集中しなくてはいけないと思っても、無理だ。先生が黒板に書いた問題の解き方は、想像すらできない。

窓の外を見て、静かに深呼吸する。

数学が苦手だと思いこんで、身体や心が強張《こわば》っている。リラックスすれば、頭も動きだすかもしれない。

少しだけ窓が開いていて、爽《さわ》やかな風が吹く。

桜並木は葉をつけて、眩《まぶ》しく感じるほど、青々としている。

その先に見える海は穏やかで、白い船が沖へ出ていく。

もう一度、深呼吸して、黒板を見る。

やっぱり、わからない。

四時間目終了のチャイムが鳴り終わるよりも前に、学校中が騒がしくなる。

学食や購買に向かって走っていく足音、席をくっつけるために机を移動する音、何を言っているのかよくわからない叫び声、それらが響き渡る。

わたしは基本的には、お母さんにお弁当を作ってもらっている。作ってもらえない日は、学食に行くか、購買でパンを買う。今日は、お母さんは朝から会議があると言って、わたしより早く出ていったので、お弁当がない。学食で天玉丼を食べようと思っていたのだけれど、数学の授業のせいで、その気力がなくなった。昼休みの学食は戦場と化す。女子はお弁当派が多いが、男子は半分以上が学食に行く。カウンターの前でおとなしく並んでいても、三年生の男子に横入りされるだけだ。食券を手に、おばちゃんの奪い合いをして、勝った者からごはんを食べられる。

「遥、お昼、どうするの？」マーリンがお弁当箱と水筒を持って、わたしの席に来る。

「購買でパン買ってくる」

「じゃあ、裏庭で食べよう」

「あっ、いいね。そうしよ」

マーリンの提案に、少しだけ気力が回復する。

お財布だけ持ち、一階に下りて、昇降口から外に出る。

購買は、新校舎一階の学食の隅で、昼休みだけ営業している。

「ここで、待ってる」新校舎の前で、マーリンが言う。

「すぐ買ってくるから」

「健闘を祈る」

「了解」

新校舎に入り、学食の隅へ行く。

購買でも、戦いが繰り広げられている。パンはガラスケースに入っていて、何があるのか確認してから、おばちゃんに注文するというシステムだ。昼休みの後半になると、人気のあるパンは売り切れてしまうので、早い者勝ちだ。学食以上に殺気立っている気もする。

まずは、ガラスケースに群がる一年生女子の隙間を狙い、割って入る。かわいそうだとは思うけれど、これが戦場のルールだ。パンが欲しければ、強くなるしかない。三年生や二年生の男子に邪魔されないうちに、高速でガラスケースの中を見る。パンを買った生徒におばちゃんがおつりを渡した瞬間、勝負に出る。

「チョコデニッシュと卵サンド、焼きそばパンをお願いします！」誰にも負けないように、大きな声で言う。

「はあい」

声は無事におばちゃんに届いた。

パンを三つ受け取り、お金を払い、おつりをもらう。落とさないようにパンを抱きかかえて戦場を離れ、学食を出たところに並んでいる自動販売機でパックのオレンジジュースを買う。

外へ出て、マーリンに駆け寄る。

「お待たせ」

「いや、早かったよ」マーリンが言う。

「二年になるもんだね。一年女子を蹴散《けち》らしちゃった」

「嫌な先輩だねえ」

「彼女たちも来年になれば、嫌な先輩になるんだよ」

話しながら、旧校舎の裏庭に行く。

旧校舎は木造で、外壁は白く塗られている。

もともと、うちの高校は、この辺りに住むお金持ちのお嬢様のための女学校だった。通学路の坂道を歩かずに、車で通う生徒もいたらしい。生徒数は少なくて、開校当時は、旧校舎と裏庭と狭いグラウンドしかなかった。高い場所にあるからか、震災や戦争で海岸沿いの町が被害に遭った時も、無事だった。戦後、女子高等学校になった。それからしばらく経ち、南校舎と体育館が建設されて、グラウンドも広くなった。平成になった頃、共学になり、北校舎とプールが建設された。その後、生徒数が増えたため、新校舎が建ち、グラウンドの端に部室棟が建ち、今の状態になった。

南校舎の奥に旧校舎は残っているが、老朽化が進んでいるため、立ち入りは禁止されている。あと数年のうちに取り壊され、裏庭も潰《つぶ》し、新しい校舎が建つ予定になっている。どうにかして保存できないか、せめて移設はできないかという議論があったのだけれど、震災がまた起きた場合を考え、取り壊しという結論に至ったようだ。

「満開だね」裏庭を見て、マーリンは嬉《うれ》しそうにする。

「バラも、満開って言う？」

「花はなんでも、言うんじゃん？」

「どうだろう？　でも、満開だねえ。ちょうど今日が見頃って感じ」

「それだ。見頃だね」

裏庭は、バラ園になっている。

マーリンと並んで立ち、しばらくバラを眺める。

赤やピンクや白、何十種類ものバラが植えられていて、今の時季に一斉に咲く。

バラは育てるのが難しいみたいで、生徒や学校職員に世話ができるものではない。専門業者の人が定期的に来て、管理している。それぞれのバラに説明書きもついている立派なバラ園だ。珍しい品種もいくつかある。前は休みの日に一般公開していたのだが、部外者が気軽に学校に入るのは問題があるということになり、今は公開されていない。

マーリンは子供の頃に家族で来たことがあって、その時に「この学校に通いたい！」と思ったらしい。

わたしは桜の方が好きだけれど、バラも好きだ。

こんなに素敵なのだから、みんなも見ればいいのにと思うが、生徒にはあまり人気がない。

昼休みに来ても、誰もいなくて、学校中でここだけが静かだ。

バラに興味がないからというだけでなくて、旧校舎に問題があるのだと思う。

真っ白だったはずの外壁のペンキは、ほとんど剝《は》げている。立ち入り禁止になってからは、たまに点検の人が入るだけなため、廃墟《はいきょ》化が加速しているみたいに見えた。お約束のように、お化けが出るという噂がある。うちの学校の七不思議の全てが旧校舎に関連している。高校生にもなって、そんな話に怯《おび》えたりしないと思っても、できるだけ旧校舎に近寄りたくないというのはわかる。

でも、今日みたいによく晴れていて、バラが見頃の日は、その廃墟感もお洒落《しゃれ》に見えた。

「ベンチで食べよう」マーリンは、奥にあるベンチの方へ行く。

ベンチに座れば、バラ園と旧校舎をあわせて眺めることができる。

昼休みにここでお弁当を食べていると、旧校舎の二階の窓辺に立つ女性に手を振られるという噂がある。

彼女は華族の娘で、恋人との仲を反対されて、会ったこともない婚約者との結婚話を進められたので、二階から飛び降りた。バラに守られて助かったように見えたが、息をしていなかった。恋人は、バラ園の管理者の息子で、いつも手伝いに来ていた。だから、彼女は今も、昼休みにバラ園を見つめている。

わたしとマーリンは、バラの咲いていない時季にも、たまにここでお弁当やパンを食べる。

窓辺に誰かが立っているところすら、見たことがない。

「今日も、出ませんねえ」チョコデニッシュを食べながら、わたしが言う。

「出ないねえ」マーリンは、ミートボールを食べる。

マーリンのお弁当は、いつも完璧《かんぺき》だ。

昨日の夕ごはんの残りを詰めただけみたいなお弁当だったことは、一度もない。昨日の残りを使う場合でも、アレンジしている。ミートボールだって、レトルトや冷凍ではなくて、ちゃんと作ったものだ。凝ったキャラ弁の日もあり、かわいくてうらやましいと思ったのだが、マーリンは嫌だったみたいだ。その場で、お父さんに電話して、怒っていた。それからは、マーリンの怒らないラインを守りつつ、かわいいお弁当を作ってくれるようになったらしい。

「ミートボール、一個欲しいな」

「はい。どうぞ」お箸《はし》でミートボールを一個取り、チョコデニッシュの上に置く。

「おい、おい。そこに置くなよ」

「お腹に入れれば、同じだよ」

「口の中では、チョコとミートボール一緒にしたくないじゃん」

「一瞬のことだって」

「もう」チョコデニッシュの上に載ったミートボールを食べる。

甘じょっぱいタレに、チョコが少しだけついてしまっているが、それが味を際立たせている感じがする。

「これ、おいしいよ。マーリンも、ちょっとチョコつけてみなよ」

「嫌だよ。わたし、遥みたいに、バカ舌じゃないから」

「わたし、バカ舌じゃないって」

「バカ舌じゃん」

「っていうか、バカ舌って何？」

「味覚がずれてるってことだよ」

「そんなことないよ」

「チョコデニッシュと卵サンドと焼きそばパン買って、チョコデニッシュから食べる時点で、ずれてるって」

「ええっ！　そうかなあ？　好きなものから食べたいじゃん」

「甘いものは、最後でしょ」

「最初だって」

「ちょっと待って。何か聞こえない？」会話を止めて、マーリンはバラ園の中の方を見る。

「何？」耳をすます。

女の子の話し声が聞こえた。

小声で話しているからよく聞こえないが、誰かと会話しているようだ。しかし、相手の声は聞こえなかった。

「出たんじゃん」マーリンは、声を小さくする。

「出たんだよ」わたしも、声を小さくする。

「見てきてよ」

「嫌だよ。幽霊と目が合ったら、旧校舎に閉じこめられるらしいよ」

「何それ？　誰が言ってたの？」

「バンちゃん」

「閉じこめられたら、助けてあげるから」

「マーリンが行けばいいじゃん」

「わたしだって、閉じこめられたくないもん」

女の子の声は大きくなっていき、一人で笑い声を上げる。

わたしとマーリンはベンチから離れて、バラの隙間をのぞきこむ。しゃがみこんでいる女の子の後ろ姿が見えた。制服は、今のブレザーだ。共学になる前はセーラー服で、時代によってデザインが少し違った。ブレザーになってからの怪談もいくつかあるけれど、幽霊ではないと考えてよさそうだ。手に、最新のスマホを持っているのが見えた。

ビデオ通話で誰かと話しているのかと思ったが、動画を撮っているようだ。

「川西《かわにし》さんだね」そう言って、マーリンはベンチに戻り、お弁当の残りを食べる。

「そうだね」わたしもベンチに戻り、卵サンドを食べる。

後ろ姿しか見えなくても、声に特徴があるから、川西さんだとわかった。

川西さんとは同じクラスだけれど、話したことは二回か三回しかない。うちの学年だけではなくて、学校中を探しても、川西さんよりかわいい女子はいないと思う。それぞれに好みの顔があるとしても、個人の趣味が関係なくなってしまうくらい、圧倒的にかわいい。クリッとした目をして、ほんのりとピンク色に染まった頬に赤い唇で、童話に出てくるお姫様のようだ。肩までの髪はツヤツヤだし、欠点がない。そして、高くて澄んだ声は、よく響く。

おとなしくて、あまり喋らない子だけれど、それだけかわいいから目立つ。昼休みになると、どこかに消えるという噂を聞いたことがあった。

裏庭で動画を撮っているなんて、考えもしなかった。

撮っているだけではなくて、動画配信をやっているのかもしれない。スマホで調べてみようと思ったけれど、教室に置いてきてしまった。マーリンも、持っているようには見えない。正式な衣替えの日はもう少し先だけれど、前後の二週間は夏服と冬服のどちらでもいいので、わたしもマーリンも夏服を着ている。ベストのポケットはスマホが入るほど大きくないし、スカートのポケットは生地が薄いから重いものを入れると、底が抜ける。

前にわたしとマーリンが来た時、川西さんはいなかったから、毎日来ているわけではないのだろう。

見なかったことにした方がいいという気がした。

マーリンも同じように考えているのか、邪魔しないように、静かにお弁当を食べている。

午後の授業は、眠い。

眠くて眠くてどうしようもない。

ジェニファーの声が子守歌のように聞こえる。

ノートをとらなくてもいい授業というのは、楽でいいけれど、眠い時には辛《つら》い。先生の話に集中しようと思えば思うほど、眠くなってくる。

数学の時間には、ジェニファーの言うことはいつかわかる日が来ると思ったが、無理そうだ。小山田先生と同様に、ジェニファーの言うことも、意味不明だ。メアリーとかジョンとかみたいな人名しか、まともに聴き取れない。ゆっくり喋っているのを何度も聴いて、なんとなく意味がわかる程度だ。しかし、何を言われたか理解できても、どう返していいのかわからないので、指名されないことを祈る。そもそも、授業のはじめに聴いた教材だって、何を言っているのかほとんど聴き取れなかったのだから、それに関することを質問されたところで、答えられるはずがない。

リスニングの成績は、クラス内で差がない。ほぼ全員が苦手としている。それがわかっているから、ジェニファーも同じことを何度も言ってくれるのだろう。

でも、どのクラスにも何人か、余裕で英語を喋れる人がいる。

うちのクラスだと、アルトと田村《たむら》さんがそうだ。

アルトは、五歳から小学校四年生になる前まで、ロンドンに住んでいた。ほとんど忘れてしまったし、授業でやるのはアメリカ英語だから聴き取れない部分も多いとか言っていた。けれど、ジェニファーに何を質問されても、慣れた感じの身振り手振りをつけて答えられる。

もう一人の田村さんは、生まれた時から中学校二年生の夏まで、アメリカに住んでいたらしい。確かに、田村さんが英語で喋っているのを見ると、アルトとはちょっと違うのだとわかる。そして、田村さんを見ていると、帰国子女というのは、日本で育った我々とは何かが違うのだと感じる。英語を喋る時でも、大袈裟ではない程度に感情を現すだけで、とても自然だ。お父様は有名企業にお勤めらしくて、お嬢様でもある。透明感のある白い肌をしていて、黒くてまっすぐな髪は肩で切り揃えられ、品の良さが漂っている。日本で育った我々よりも、日本人であることにプライドを持っているように見えた。

英語を喋れる人だけで、授業を進めてくれればいいと思うが、ジェニファーはそんなひいきはしない。春までいたオーストラリア人のマイケルは、好きなタイプの女子を露骨にひいきしていたので、とても楽だった。わたしはひいきされていなかったから、マイケルの視界にも入っていなかったのだろう。指名されたことは数えるほどしかなかった。そんなことをしていたからマイケルは、いきなりオーストラリアに帰らされたのだと思う。三学期最後の授業の時だって、別れのあいさつはなかった。「シーユーアゲイン！」と、わたしにも聴き取れる感じで、明るく言っていた。それとも、あれは「またいつか会いましょう！」という意味だったのだろうか。

リスニングの授業は、北校舎一階にある専用の教室で受ける。各机に教材を再生するための機械とヘッドホンが置いてある。生徒それぞれで、スマホにもダウンロードしているのだけれど、授業中はスマホの使用を禁止されている。教材を聴くために出したとしても、どうしたって、SNSやメッセージを見たくなってしまう。

川西さんが動画配信をやっているならば、どこでどんなことをやっているのか知りたくて、教室に戻ってからマーリンと一緒に「川西友梨奈《ゆりな》」で検索してみたが、見つからなかった。制服で堂々と出つつも、本名は隠しているのだろうか。それとも、ただ動画を撮っていただけで、配信はしていないのだろうか。今ここでスマホを見られれば調べを進められる。授業中に机の下でこっそり見ている人もたまにいるけれど、わたしはやらない。先生に見つかったら、連帯責任で、クラス全員が学校内でのスマホの使用を一ヵ月間禁止される。校則では、昼休みと放課後の使用だけが許可されている。三年くらい前までは、持ってくるのも禁止されていたが、リスニング強化のために制限つきで許可された。しかし、誰も試験前以外にリスニングの教材なんて、聴かない。

眠ってしまえば、五十分くらいすぐに終わるのに、黒板の上にある時計は全然進まない。一時間ある昼休みよりも、授業の方が長く感じる。五十分の授業を短い日で四時間目まで、長い日で六時間目まで、つまらないと感じながら受けるよりも大切なことが、今のわたしにはあるんじゃないかという気がする。でも、その大切なことが何かは、われそうにない。恋愛だったら素敵だと思うけれど、少女漫画みたいな恋ができる相手は、現からない。

学年一の美男子が冴えないわたしに告白してきたりしないかと思っても、かっこ良すぎる男子は苦手だ。そう感じていたのに好きになっちゃった、というのが少女漫画の王道だが、わたしはそこまで冴えないわけではなくて、普通だ。ヒロインになれるのは、川西さんみたいに、普段はおとなしいけれど実は誰もが認めるほどかわいい子だろう。

川西さんとサーフィン雑誌に載っているような男子が付き合っていたら、自分に関係がなくても、ときめきを感じる。秘密だった関係が何かをきっかけにして、周りにばれてしまったりするんだ。他の男子に川西さんが告白されているところに、サーファーが割って入って、「俺の友梨奈に手を出すな！」とか言うのだろう。

妄想しているうちに、ジェニファーの声は遠くなっていく。

一番好きな授業は、体育だ。

海を見ながら、グラウンドを端から端まで、駆け抜けたい。

北校舎からでは、窓の外を見ても、南校舎しか見えない。

誰もいない南校舎の廊下を眺めても、おもしろいことは何も起こらなかった。

三年生の教室は、北校舎の二階だ。そこが一番、学校中のどこへ行くにも便利な場所だからだ。でも、ぼうっと外を眺めていないで、勉強しろということでもあるのだろう。

わたしも大学には行くつもりだから、来年になったら、ちゃんと勉強する。高校生活をかけられる何かを早く見つけた方がいい。

「マリ」ジェニファーが言う。

マーリンは、立ち上がる。

発音しやすい名前だからか、マーリンはジェニファーに指名されることが多い。そういう考えで、マーリンのお父さんは、「茉莉」と名付けた。世界で活躍できる子になってほしいという願いがこめられている。「メアリー」や「マリア」と迷ったらしい。「メアリー」だったら、漢字でどう書くつもりだったのだろう。

マーリンは、ジェニファーの顔をしばらく見つめて首をかしげ、微妙な笑みを浮かべる。

お父さんの願いは、今のところ、娘に届いていない。


六時間目の世界史の授業は、ひたすらノートをとっているうちに、終わった。行ったこともない国の歴史を断片的に教えられても、憶《おぼ》えられる気がしない。カタカナばかりで、呪文《じゅもん》を書いているような気分になった。


マーリンは図書委員だから、月に一回か二回、放課後の当番が回ってくる。

そういう日は、わたしは先に帰る。

学校から駅まで一本道なので、一人で帰るのはちょっと寂しい。試験前で部活が禁止されているため、ホームルームの終わりと同時に帰る生徒がいつもよりも多い。

騒ぎながら歩く男子のグループに挟まれてしまった。

図書室でマーリンを待ちながら試験勉強するか、誰かに「一緒に帰ろう」と声をかければよかった。

誰かいないか、男子のグループの前と後ろを見ると、後ろにうちのクラスの女子が三人並んで歩いていた。しかし、あまり喋ったことがない子たちだ。三人組ができあがっているところに、わたしが入るのは、邪魔だろう。どうしようと思っていたら、その後ろから田村さんが来た。

田村さんは三人組に手を振り、男子のグループを追い越し、わたしの方に来る。

「あっ、井上さん、一緒に帰ろう」田村さんが言う。

「えっ？　ああ、うん、いいよ」

わたしのことも追い越していくと思っていたから、驚いてしまった。

「今日、綿貫さんは？」

「図書委員の当番」

「そうなんだ」

「田村さんは？　いつも一緒にいる子たちは？」

うちの学年で目立っている女子のグループに田村さんはいて、いつもは彼女たちと一緒に帰っているはずだ。

「教室で勉強するっていうから。わたし、誰かと一緒だと集中できないんだよね」

「そっか」

「井上さん、リスニングの授業中に寝てたでしょ？」笑いながら、田村さんは言う。

人をからかう笑い方にも、品が漂っている。

田村さんは、わたしよりも五センチくらい背が低い。笑顔で見上げられると、なんだか照れてしまう。

「寝てないよ。寝そうにはなったけど」

「午後の授業は、眠いよね」

「そうなんだよね。でも、リスニングの授業なんて、田村さんには簡単でしょ？」

「うーん。その分、他は難しいよ。みんなほど、日本語がわかるわけじゃないから。古文とかはアメリカでも勉強していたからわかっても、砕けた表現がわからない時がある」

「ああ、そっか。そうだよね」

「それに今は、全然英語を喋ってないから、もう忘れちゃいそう。小学生の時に日本に帰ってきたのに、今も喋れる満井君は、すごいなって思う」

「そうなんだ」

嫌なことを言ってしまったのかもしれない。英語ができて、お嬢様で、恵まれているように見えるけれど、苦手と感じることはあるのだろうし、努力もしているんだ。わたしだって、「体育の授業なんて、余裕でしょ？」とか言われたら、ちょっと嫌だなと感じる。小学生の頃は何も考えずに走っても、学年一位でいられた。中学生になって、陸上部に入ったら、一位になれなくなった。フォームを直して、筋トレもして、タイムを上げていった。部活を引退してから二年も経っていないが、中学生の時と同じようには走れない。

「あと、言葉がわかっても、数学は苦手」田村さんが言う。

「数学は、わたしも苦手。小山田先生が何を言ってるか、さっぱりわかんないもん」

「そうだよね」

「来週の試験までにどうにかしないと」

「どうにかなりそう？」

「ならないと思う」

　わたしが言うと、田村さんは笑う。

　ほとんど話したこともなくて、田村さんを遠い人のように感じていたのだが、不思議なくらい話しやすかった。

「サーフィンやったりする？」田村さんは、坂道の先に広がる海を指さす。

「やらないよ。やるの？」

「ちょっとだけ」

「ええっ！　意外！」

「そう？」

「だって、色白いし」

「日に焼けると赤くなっちゃうんだよね。だから、海に出ても、一時間くらいが限界。でも、寒いのも苦手だから、夏しかやんない。井上さんだって、白いよね」

「わたしは、日に焼けると、真っ黒になるよ。中学生の時は、陸上部だったから、真っ黒だったもん」

「そうなんだ」

「あっ、素潜りはするよ」

「素潜り？」驚いた顔をして、田村さんはわたしを見る。

「うちのおばあちゃんが海女《あま》さんだったから、子供の頃に鍛えられて、サザエ獲《と》ったりしてた」

「井上さんも、海女さんになるの？」

「ならないよ。ここら辺には、今はもう、海女さんなんてほとんどいないし」

「そっか」

「役に立つことはないけど、すっごい潜れる」

「なんか役に立つことあるんじゃない？」

「ないよ」

「ライフセーバーとか？」

「そんな深いところに沈んだ人、助け上げられる腕力がないから」

「サーフィンより、そっちの方がかっこいいな」

「そんなことないって。もてないし」

「それは、そうかも」

そんなにおもしろい話をしているわけじゃないのに、二人で笑い合う。

坂道を下りて右に曲がり、線路沿いをまっすぐに行くと、駅に着く。

線路は一本しかないので、ホームも一つだけだ。

四両編成の電車に合わせた狭いホームに、うちの高校の生徒が溢《あふ》れかえっていた。

今の時季は観光客が少ないので、沿線の学校に通う生徒のための通学電車みたいになる。

海岸沿いを走る電車は人気があり、ゴールデンウィークには、ホームに入れない人が改札前に列を作っていた。海水浴客が来る夏休みよりも、桜が咲く春や紅葉する秋の方が観光客が多く来る。

改札を通り、ホームの端に立つ。

「井上さん、どっち？」

「あっち」右側の帰る方を指さす。

「じゃあ、わたしとは反対方面だ」

「そっか」

残念に感じたけれど、一緒に帰ったり話したりできる機会は、これからもあるだろう。

「早く海で泳ぎたいね」田村さんが言う。

「そうだね」

線路の向こうに国道が走っていて、防波堤を越えた先には、砂浜が広がっている。来月になったら、海の家の設営がはじまり、夏に向かっていく。

四時前だから、まだ明るい。

それでも、水は冷たいはずだ。けれど、ボードに乗って波待ちしているサーファーが何人かいた。彼らや彼女たちは、一年中いつでも海に出ている。大きな白い犬を連れた人が波打ち際を歩いていく。

わたしも田村さんも、黙って海を眺める。

何も話さなくても、いいような気がした。

田村さんと見る海は、マーリンと見る海とは、少しだけ違って見える。

長い夢を見た。

夢の中で、わたしは十七歳だった。

わたしは教室にいて、緑色のチェックのベストとスカートの制服を着ている。これは夢だ、とわかっていて、十七歳だった頃から二十年も経っているのにどうしてこんな夢を見るのだろうと考えていた。会ったこともない友達と話しながら見た鏡には、わたしの顔がうつった。放課後、一人で校舎の屋上へ行くと、並ぶ家々の向こうに遊園地が見えた。その中心に、大きな観覧車がある。観覧車は回りつづけ、次第に速度を上げていく。ゴンドラから、ピンク色の服を着たピエロが放り出され、空に向かって飛んでいった。宇宙へと消えたかのように見えたピエロは、わたしの頭上に落ちてきた。顔を白く塗り、赤い鼻をつけて、口元は笑っていたけれど、目は笑っていなかった。全てを諦《あきら》めたかのような、表情のない目だ。わたしと目が合った瞬間に、その目を見開いた。

そこで、目が覚めた。

誕生日は十月なので、わたしはまだ十六歳だ。

制服は、ベストもスカートも、グレーのチェックだ。

夏服と冬服で、色の濃さや柄は微妙に違うが、グレーであることに変わりはない。

夢を見たのはわたしだけれども、夢の中にいたのは誰で、夢だと考えていたのは誰なのだろう。

そして、あの学校はどこなのだろう。

うちの学校の屋上は、立ち入りが禁止されている。屋上に出られたとしても、見えるのは海と山と住宅街だけだ。近くに遊園地なんてないし、観覧車もない。知らない場所のはずなのに、懐かしいと感じた。鏡にはわたしがうつったが、知らない誰かの記憶を見ているようだった。誰かと入れ替わっているというわけではなくて、わたしはわたしとしてそこにいるのだけれど、わたしではないという感じだ。

外はまだ暗いから、もう少し眠ろうと思っても、目が冴《さ》えてしまった。

ベッドから出て、机に置いてあるスマホを見る。

アラームの鳴る十分前だった。

カーテンを開けると、外では、細く目に見えない糸のような雨が音を立てずに降っていた。

暗いのは、時間が早いからではなくて、雨だからだ。

先週末に梅雨入りしてから、毎日のように降りつづけている。

梅雨だから当たり前なのかもしれないけれど、今年は降りすぎという気がする。

分厚い雲に覆われて、空はどこまでも灰色だ。

一日中、やまないだろう。

窓を少しだけ開ける。

冷たい風が部屋の中を通り過ぎていく。

うちから海は見えないが、歩いて五分もかからずに浜へ出られる。それでも、普段は潮の香りはしない。子供の頃からこの家に住んでいて、鼻が麻痺《まひ》しているのかもしれないけれど、それだけが理由ではないと思う。

今日みたいな雨の日は、町全体が海の底に沈んだかのように、潮の香りが濃くなる。

風向きや湿度によるのだろう。

ベッドに座って、布団にくるまり、窓の外を眺める。

学校、行きたくない。


アラームが鳴るのを待って、ベッドから立ち上がり、部屋を出る。一階に下りて、ダイニングに行く。

お母さんは台所でわたしのお弁当を作っていて、お父さんは新聞を読みながらトーストを食べていた。

「おはよう」わたしが言う。

「おはよう」お母さんとお父さんが声を揃える。

「学校、行きたくないなあ」ダイニングと繋《つな》がっているリビングに行き、ソファーに座る。

外が暗いからか、電気のついたリビングとダイニングは、妙に明るく感じた。

テレビをつけて、情報番組を見る。

女子アナが笑顔で話す左上に天気予報が出ている。

雨は、夜遅くまで降りつづけるようだ。

ＣＭに入る前に、定点観測をしているライブカメラの撮った映像が流れる。映っているのは、うちのすぐ近くの海水浴場だ。誰もいない浜辺には、作りかけの海の家が並んでいる。空と同じように、海も灰色だ。波が、高い。風も強いみたいで、海岸沿いの木々が揺れていた。

「サボるの？」お弁当を作る手を止めて、お母さんが言う。

「どうしようかなあ」

「サボるなら、お弁当作らないけど」

「作っておいてよ。サボるとしても、食べるから」

「学校は、ちゃんと行った方がいいぞ」新聞から顔を上げずに、お父さんが言う。「大人になったら、好きにサボったりなんてできなくなるからな」

父親として一応言っているだけで、本気ではない。

「それは、わかってるんだけどさあ」わたしも、娘として一応返事をする。

うちの両親は、放任主義というか、わたしを信頼してくれているのだと思う。いや、信頼というのとも、少し違う。不良になるような度胸がわたしにはないと、二人ともよくわかっているのだろう。学校をサボったとしても、悪い友達とつるんだりはしない。家にいるか、近所に少し出かけるだけだ。

そもそも、悪い友達がわたしの周りにはいない。

夏になると、暴走族みたいな人たちが海岸沿いの国道をバイクで駆け抜けていく。そこには、両親と同世代くらいの人が多くいる。十代や二十代の人は、ほとんどいないと思う。暴走族やヤンキーが全盛期の頃に中学生や高校生だった人たちが、今も集まっているだけなのだろう。中学校には、両親が元暴走族という同級生が何人かいたが、彼らや彼女たちには不良という雰囲気は全くなかった。両親に反するようにマジメな男子もいて、県で一番の進学校に入った。髪を金色に染めて派手なメイクをしている女子もいたけれど、明るくて優しくて、話しやすい子だった。

隠れて煙草を吸ったり、他校の生徒とけんかしたり、夜中にコンビニの前にたむろしたりする不良は、今も日本のどこかにいるのかもしれないが、うちの辺りではほぼ絶滅したようだ。

「どうするの?」お母さんが聞いてくる。

「ちょっと考える」

洗面所に行き、顔を洗う。

雨だからといってサボったら、明日も明後日《あさって》も学校に行くのが嫌になってしまうだろう。しかし、雨だからサボりたいというわけでもない。理由のひとつとして、雨はあるが、全部ではない。そう思っても、他の理由は、思いつかなかった。学校に行けば、それなりに楽しいことがある。マーリンやバンちゃんやアルトや他の友達と喋《しゃべ》ったり、先生の雑談を聞いたり、体育の授業でバスケットボールをやったり、いくらでも思い浮かぶ。嫌なことは、数学やリスニングの授業についていけないことぐらいだ。サボっている間におもしろいことが起こるかもしれないから行った方がいいと思っても、行きたくないと感じる。

小学生の頃から、年に何日かこういう日がある。

両親も、小学生の時はサボらせてくれなかったけれど、中学生になってからはサボらせてくれるようになった。一日サボれば、気が済んで、次の日には学校へ行く。学校へ行くと、行きたくないと感じていたことも、忘れてしまう。

それでも、またこうして、行きたくないと感じる日は来る。

高校生になってからは、中学生の時よりもそう感じる日が少なくなってきている。中学生の時は、どうしても行きたくない日があったが、そこまでの日もなくなった。一年生の時は、一回サボっただけだ。二年生になってからは、サボっていない。

昨日や一昨日《おととい》も雨だったけれど、いつも通りに学校へ行った。

やはり、雨だけが理由ではないのだろう。

夢を見たせいかもしれない。

長い夢を見たとしても、いつもだったら、起きてしばらく経つと忘れてしまう。内容を憶《おぼ》えている時もあるが、夢の中で見た景色はゆっくりとぼやけていく。そのうちに、何も思い出せなくなる。なのに今日は、遠くに見えた観覧車も、目の前まで飛んできたピエロの顔も、まだ鮮明に思い出せる。夢の中のわたしと現実のわたし、わたしの中に二人存在している感じになり、脳や身体が疲れている。

そんな難しいことではなくて、単純に眠りが浅くて、頭がぼうっとしているだけだ。湿度は高くても気温が低いから、何を着て、どの布団で寝るのか判断が難しくて、昨日の夜は汗をかくのに寒いという状態のまま、眠った。疲れているように感じるのは、夏風邪のせいなのかもしれない。サボるのではなくて、風邪を理由にすれば、正当に休める。そう考えたら、学校に行きたくなってきた。

行こう！　と思うのと同時に、眠気が襲ってくる。

心に反するように、身体が重くなる。

立ったままで、眠りそうだった。

眠っても、さっきの夢のつづきは見られない。

つづきものの夢を見る人もいるらしい。けれど、わたしは見たことがない。ピエロとわたしは、あの後ぶつかったのだろうか。観覧車は、元の速度に戻ったのだろうか。わたしの見た夢なのに、つづきはわからないままだ。緑色のチェックの制服を着たわたしと会うことも、二度とない。

「お弁当、台所に置いたからね」出勤する準備を終えたお母さんが洗面所に入ってくる。

「サボるなら、学校に電話するから、携帯に連絡ちょうだい」

「サボってもいいの？」

「いいわよ」

「そんなんじゃ社会に出たら困る、とか言わないの？」

「お父さんがそういうようなこと言ってたでしょ」

「一応言ってるだけで、本気じゃないじゃん。サボりたがる娘と真剣に話し合ったりしようと思わないわけ？」

「何それ？　話し合いたいの？」

「ううん」首を横に振る。「親って、そういうもんじゃないかと思って」

「そういう親がいいの？」

「うーん、どうだろう」

子供の頃は、両親が共働きで寂しいと感じたことがあった。サボりたいと言ったのは自分のくせに、あっさりとサボらせてくれることを中学生の時は不安に感じた。一人娘であるわたしへの愛情が薄いのではないかと考えていた。でも、運動会や陸上部の大会のように、わたしが活躍できそうな時には、お母さんもお父さんも必ず見にきてくれた。マーリンのお父さんのようにわかりやすい愛情ではないけれど、二人ともわたしを愛してくれている。

「どうせ大学生になったら、単位ギリギリまでサボるようになるのよ。それでも、社会人になれば、ちゃんと会社に行くの」

「ふうん」

「高校生のうちにしかできないこともあるのだから、遥の好きなようにしなさい」

「はあい」

「いじめられて、学校に行きたくないわけじゃないんでしょ？」

「ないよ」

「明日も明後日も、ずっとサボりたいっていうんだったら、話し合いするからね」

「わかった」

ちゃんと信頼もしてくれているし、色々と考えてくれているのだろう。

とりあえず、今日は学校へ行こう。

制服を着て家を出たのに、なぜか駅とは反対方向へ歩き、水族館に来てしまった。

開館したばかりで、まだすいている。

三階分くらい吹き抜けになっている場所に設置された、高さも横幅もある大きな水槽の中で、イワシが群れになって泳ぎつづける。銀色に光る一枚の布が翻っているように見える。天女の羽衣みたいに弱々しいものではなくて、応援団の旗のように力強い。イワシの他に、色も大きさも様々な魚が泳いでいる。

学校へ行こうと決めて制服に着替えたのだが、胸の奥には行きたくないという気持ちが残っていて、テレビを見ながらゆっくり朝ごはんを食べている間に、ホームルームが始まる時間を過ぎてしまった。お母さんには、〈遅刻するという方向で、学校に電話しておいて〉と、連絡した。一時間目の終わる頃には着く計算で家を出た。

だから、水族館に行こうと決めていたわけではない。浜に出て、海岸沿いを歩いていたら、辿《たど》り着いた。開いていたので、そのまま水族館に入った。お父さんに買ってもらった年間パスポートがあるから、入館料はかからない。

入口で何も言われなかったし、制服でいても、補導されたりなんてしないだろう。

イワシは、休むことなく泳ぎつづける。

水槽の中をグルグル回っているように見えるが、どこかへ行こうとしているのだろうか。それとも、ただ回りたいだけなのだろうか。ここの水族館では、一番大きい水槽だけれど、海に比べたらずっと狭い。

ここにいる魚たちは、広い海で暮らしていたら、出会わなかったのかもしれない。水族館で生まれた魚も多くいるけれど、海から連れられてきた魚もいるのだろう。自分は水族館生まれでも、親は海生まれという魚もいるんじゃないかと思う。同じ水槽で暮らす魚や外の世界のことをどう思っているのか、聞いてみたくなる。しかし、すぐそこに海があるのに、水族館に魚を見にくる人間の方が不思議な生き物だという感じがする。

お父さんも、おばあちゃんに鍛えられて、素潜りができる。ダイビングもやるし、釣りにも行く。三駅先にあるスポーツ用品店で、マリンスポーツ関連の商品の販売を担当している。年に何回か水族館に来るので、その時にわたしもついて来る。魚を好きなお父さんは、悲しそうな顔で水槽を見ていた。

わたしも、水槽を見ていると、少しだけ悲しい気持ちになる。

水族館の中では、外が晴れていたとしても、雨に降られているように感じる。実際に雨が降っている今日みたいな日は、その感覚がいつもよりも強くなる。

窓がなくて、外は見えない。

遠足と思われる小学校一年生か二年生くらいの子供たちが入ってくる。子供たちは、わたしを囲むようにして、水槽の前に立つ。泳ぐ魚を指さし、嬉《うれ》しそうに声を上げる。先生が説明するけれど、どの子も聞いていない。輝く目で、魚を見つめている。

そういう時季なのか、次々に子供たちが入ってくる。

梅雨時に海辺まで遠足に来ても、水族館ぐらいしか見る場所はないだろう。水族館の中を一通り回って、イルカショーも見ても、一日はかからない。この子たちは、この後でどこへ行くのだろうか。近くには、観光名所とされるお寺や神社もあるけれど、小学生が行って楽しい場所ではないと思う。

幼稚園の年長組の時、わたしも遠足でここに来た。その二年か三年前に、水族館は全面改装されている。大きな水槽はその時にできたものだ。イルカショーのプールも新しくなった。地元だからクラスのほぼ全員が既に来ていたということもあり、感動も驚きも何もなかった。それより前、まだベビーカーに乗せられていた頃に、改装前の水族館に両親と来たのがわたしの最初の記憶じゃないかと思う。暗くて、小さな水槽が並んでいた。お父さんにベビーカーから抱き上げられて、水槽の中をのぞきこんだ。わたしは黙ってじっと魚を見ていたのに、急に泣き出したらしいのだが、それは憶えていない。

改装後も、暗いままだ。

夜になれば、明かりがついた室内からは外が見えなくなり、窓は鏡のようになる。その法則を利用して、館内を暗くして水槽の中を明るくすることにより、魚たちからはできるだけ人間が見えないようにしている。人間が見えると、魚たちが落ち着かなくなるらしい。

魚たちは、夜の中を泳ぎつづける。

子供たちで混雑してきたので、大きな水槽の前を離れて、小さな水槽が並んでいるコーナーに行く。

足元もよく見えないような暗い中に、ライトのついた四角い水槽が等間隔で並んでいる。

一つの水槽につき一種類で、二匹か三匹しか入っていない。一匹しかいない水槽もある。

魚の他に、タコやクラゲやカニもいる。

三匹のタカアシガニがからまり合っていた。

自由に泳ぎ回れない小さな水槽の中で、限られた仲間としか会えずに、生涯を終えていく。

そういうことを悲しいとお父さんは感じていて、わたしもそう感じていた。

しかし、それは本当に悲しいことなのだろうか。

水族館で生まれて、外の世界を知らなければ、魚や他の生き物たちにとっては、この小さな水槽の中の生活が当たり前の日常だ。もしもここから広い海に放り出されても、生きていけないだろう。一種類で入れられている魚や他の生き物たちは、大きな水槽でも生きていけないと思う。ここにいれば、敵に狙われることはないし、餌に困ることもない。水温や明かりは暮らしやすいように管理されていて、病気になれば手厚い看護を受けられる。水槽を叩《たた》く子供がたまにいる以外に、怖いことは何も起こらない。

生まれた瞬間から、広い海でサバイブしていかなくてはいけない環境より、幸せなことに思える。

「君、何してるの？」男の人に、後ろから背中を叩かれる。

補導されるのか、ナンパか、それ以外か。

ナンパではないだろうし、それ以外が何か思いつかないけれど、補導ではないことを願って、振り返る。

「何してんだよ？」眼鏡の奥の目が、人をバカにしたように、笑っている。

「……アルトか」

正解は「それ以外」で、同じようにサボっているクラスメイトだった。

海岸沿いを歩くアルトの後ろについていく。

歩くのに合わせて、アルトがさしている黒い傘が上下に揺れる。

雨が強くなってきた。

砂浜も、海も、空も、全てが灰色だ。

テレビで見たライブカメラの映像よりも、色が濃い。

水平線の辺りは、霞《かす》んでよく見えない。

海の家の工事は休みなのか、誰もいなかった。

子供の頃、雨の降る日は、海に近づいたらいけないと言われていた。

今日ぐらいの雨ならば大丈夫と思っても、少し怖い。

「それ、自分の傘？」アルトは立ち止まって、振り返る。

「そうだよ」

「お父さんのかと思った」

「なんで？」

「女子って、もっとかわいい傘を持つんじゃないのか」

わたしの傘は、制服と同じようなグレーのチェックだ。高校に入学した時に、お母さんが買ってくれた。大人っぽくて、気に入っている。でも、確かに、かわいくはない。

「アルトの傘だって、真っ黒じゃん」

「黒のどこが悪いんだよ？」

「高校生らしくない感じがする」

「これは、どんな強い風にも耐えられる丈夫な傘なんだよ」

「へえ」

「まあ、人それぞれか」

立ち止まったまま話していたわたしとアルトの横を、水族館から出てきた子供たちが歩いていく。海岸沿いをまっすぐに進み、駐車場の方に行く。そこでバスに乗り、次はどこへ向かうのだろう。

子供たちがいなくなると、雨と波の音しか、聞こえなくなる。

「うちのクラス、誰もいなかったりしないかな」前を向き、アルトは歩き出す。

「どういうこと？」

「井上とオレがここにいる間、学校で何が起こってるのかは、わからない。休んだのはオレたち二人だけじゃなくて、クラス全員という可能性もある」

もうすぐ二時間目の世界史の授業が終わる。わたしとアルトがいないだけで、いつも通りに授業をやっているだろうと思うが、そんなことはないかもしれない。

「なんでサボった？」アルトが聞いてくる。

「サボってないっていうのは、通じないから」

「いや、制服で水族館にいて、サボってないよ」

「自分だって、サボってんじゃん」

わたしと同じように、アルトも制服を着ている。アルトの家は、うちよりも三駅先だ。歩いて水族館に来るには、遠い。水族館を目的地として、電車で来たのだろう。

「オレは、たまに、学校に行きたくない病になるの」

「わたしも、それ。学校に行きたくない病」

「なんで？」

「なんでって？　何が？」

「なんで、学校に行きたくない病になった？」

「……なんとなく」

「ふうん」

「アルトは？　どうして学校に行きたくない病になったの？」駆け寄って追いつき、並んで歩く。

「うーん、オレもなんとなくだな」

「そうだよね」

いじめられているわけではないし、嫌なことがあるわけじゃないけれど、学校に行きたくない日は、誰にでもあるのだろう。

「でも、なんとなくそう感じるようになった原因も、何もないの？」

「ないよ。あるの？」

「ないな、オレも」

「ああ、でも、今日は変な夢を見たからかもしれない」

「夢？」アルトは傘を少しだけ傾けて、わたしを見る。

「そう、夢」

どんな夢を見たのか、アルトに話す。起きたばかりの時は憶えていたのに、細かいことを忘れてしまった。鮮明だったはずの観覧車は、ぼやけている。それでも、ピエロの顔は、まだはっきりと思い出せた。白塗りの下には、どんな顔が隠れているのだろう。

「転校するんじゃないのか？」

「えっ？」

「未来の夢だよ、それ」

「転校なんてしないよ」

「こうやってサボったりしてる悪事がばれて退学処分になって、どこか遠くの学校に行くことになるんだって。観覧車を見ながら、懐かしいと思ってたんじゃなくて、寂しいと思ってたんだよ。懐かしいと寂しいは、似てるからな」

確かに、そう考えれば、つじつまが合う。転校先の高校は、緑色のチェックの制服なんだ。話していたのは、そこでできる新しい友達だ。友達はできても、マーリンを思って寂しくなり、一人で校舎の屋上で泣くのだろう。

「嫌だ。わたし、マーリンと離れたくない」アルトの腕をつかむ。

「いや、ごめん。冗談だから、そんなマジになるなよ」

「あっ、そうなの」手をはなす。

「前世の記憶っていう可能性もあるけどな」

「前世？」

「井上は前世で、きっとその日に死んだんだよ。十七歳が近づいてきて、その記憶が呼び覚まされたんじゃないのか」

「どうして死んだの？　現実的に考えて、ピエロは、空から降ってきたりしないでしょ」

「それは、象徴的なものであって、実際はいじめに遭ってたんじゃないのかな。同級生にからかわれつづけたのが、ピエロという形になって現れた。本当は、屋上から飛び降りたんだよ」

「じゃあ、なんで、十七歳だった頃から二十年も経ってるって、考えてたの？」

「そうか」

「十七歳で死んだりなんてしてないんだよ」

「飛び降りたもののどうにか命は助かった。けれど、意識は戻らず、三十七歳まで眠りつづけている誰かが井上の意識に訴えかけている。っていうので、どうだろう？」

「どうだろう？　じゃないよ。ない、ない。夢に意味なんてないよ」

「そうかなあ。夢というのは、自分の意識が作りだしたものだから、意味はあると思うけど」

「アルトは？　最近、どんな夢を見た？」

「うーん」下を向き、考えている顔をする。「アイドルと付き合ってる夢」

「何それ？　いやらしい夢？」

「そういうんじゃねえよ」笑いながら否定する。

「じゃあ、どういう夢？」

「アイドルとオレが付き合っていて、向こうの立場を考えて、別れ話をするんだけど、別れたくないって言われて、付き合いつづける決心をした。そこでお互いの気持ちを確かめ合ったから、その後は順調に付き合っていけて、二人でコンビニで買い物をして、彼女の部屋に行こうとしているところで、目が覚めた」

「やっぱり、いやらしい夢じゃん」

「いやらしくなる前に、目が覚めてるから」

「はい、はい。そのアイドルのファンなの？」

「いや、すごく好きっていうほどじゃない。だから、不思議だなと思って。顔を知ってるぐらいでしかないし。あれは、未来の夢で、これから先でオレと彼女の間に何か起こるんじゃないかな」

「起きないでしょ」

アルトがこういうことを考えるのは、意外だった。

教室でのアルトは、ツッコミ役という感じだ。バンちゃんやマーリンやわたしが好き勝手に喋っていると、アルトが的確にツッコんで、話を整理してくれる。こういうバカみたいなことを言うのは、バンちゃんの役割だから話さないだけで、アルトも普通の男子高校生らしいことを考えるのだろう。

「どうしよう。アイドルと付き合うことになったら」

「ない、ない。どこで知り合うの?」

「夏の海じゃないか。向こうは撮影で来るんだよ」

「そこまで考えてんだ」

「最初、オレは向こうがアイドルって気がつかなくて、何かをきっかけにして、ただの同世代の男女として仲良くなる。仲が深まったところで、アイドルだっていうことを知る。向こうから言われるんじゃなくて、テレビで偶然見るとか、町中で広告を見るとか、そういう感じで。本人に確かめたいけど、どうしようかって悩んだ上で、やっと聞けた。でも、このまま付き合っていけない。っていう出来事のつづきを夢で見たんだと思う」

「ヤバいねえ。妄想が暴走してるねえ」

話しながら、駅の方に行く。

このまま電車に乗って学校に行くのだろうと思ったが、アルトは線路を越える。

「どこか寄るの?」アルトに聞く。

「オレは、もう一つ行きたいところがある。そのために、サボったんだ」

「ついて行っていい？」

「いいけど、ちょっと遠いぞ」

「大丈夫」

　学校を休むことになってもいいから、アルトがどこに行くのか確かめたかった。


　坂を上っていき、山道に入る。

　歩けるように整備されているが、土だから滑る。

　振り返ってみても、街路樹や家に遮られて、海は見えなかった。

「何があるの？」前を歩くアルトに聞く。

「もうすぐ。足元、大丈夫か？」

「靴下汚れちゃったけど、いいや」白い靴下に、泥が跳ねていた。

「転ばないようにな」

「うん」

　さっきまで潮の香りがしていたのに、ここまで上ってくると、山の緑の香りが強くなる。

「そこ」アルトは、前を指さす。

　その先には、小さなお寺があった。

木でできた山門をくぐると、本堂まで長い階段がつづいている。

その階段沿いには、紫陽花《あじさい》が並んでいて、青く染まっていた。

階段の上にある本堂の辺りは、靄《もや》がかかっていて、よく見えない。

滑らないように気をつけながら、階段を上る。

上っていくうちに、紫陽花の青が濃くなったように見えた。

この辺りには、紫陽花の名所と言われるお寺がいくつかある。ここは、他のお寺から離れていて駅からも遠いので、観光客は来ないのだろう。

平日の午前中で雨も降っているからか、わたしとアルト以外には誰もいない。

「振り返るなよ」前を歩くアルトが言う。

「なんで？　なんか出るの？」

「何が出るんだよ？」

「出なくても、どこか違う世界に連れていかれるとか」

「ないよ。いいから、ついてきて」

「わかった」

「本当は、井上なんかに見せたくなかったんだけどな」

「アイドルの彼女と来たかった？」

「そうだな」アルトは、笑い声を上げる。

「ここ、どうやって見つけたの？」

「考古学部で、この辺りのお寺を見て回ってた時に、ここの住職から教えてもらった。晴れてる日もいいけど、雨の日の方がいいって言われたから、今日だ！　って思った」

「考古学部で、お寺見たりするんだ？」

「何、言ってんの？」立ち止まり、わたしの方を振り返る。

「振り返ってんじゃん」

「オレは、いいんだよ。それより、新入生向けの部活紹介見てたよな？」

「見てたよ」

「考古学部って、化石や土器の発掘をするだけだって思ってんだろ？」

「違うの？」

部活紹介は見ていたが、バンちゃんもアルトも冴えないと思っていただけで、何を紹介しているのかはちゃんと聞いていなかった。

「学校によって色々だけど、うちの考古学部がやっているのは、違う。この辺りの寺や史跡を見て、歴史を調べている。史跡からどういう建物があったか考えて、模型を作ったりもする」

「そうなんだ」

一年生の頃に、バンちゃんからもそんな話を聞いた気がするが、よく憶えていない。

「一番上まで行くから」アルトは前を向き、階段を上っていく。

「アルトは、どうして考古学部に入ったの？　お父さんやお母さんは、音楽をやってほしかったとか言わなかった？」

「バカ丸出しなことを聞くな」一瞬だけ振り返りわたしを見て、すぐに前を向く。

「なんで？」

「アルトというのは、女声パートであり、男声パートではない」

「そうなの？　中学の合唱コンクールでは、男子もソプラノとアルトでわけてたよ」

「合唱コンクールではわかりやすくそう言うだけだろ」

「ふうん。じゃあ、なんで、アルトっていう名前になったの？」

「そのままだよ。音が有るように。子供が生まれて、にぎやかな家庭になることを願って、父親がつけてくれた」

「へえ、いい名前だね」

「そうだろ」

「それで、どうして考古学部に入ったの？」

「もともと歴史が好きっていうのもあるけど、父親が転勤になったら、オレはまた海外に行くかもしれない。海外じゃなくても、日本のどこか違う町に行くかもしれない。その前に、自分の住んだ場所のことは、できるだけ知りたい」

「そっか」

　なぜか急に寂しくなった。

目の前にいるのに、アルトが今すぐ消えていなくなってしまう気がした。

「向こう見てみな」本堂の前まで行き、アルトが言う。

隣に並んで立ち、振り返る。

学校のある場所よりも高いところまで来た。

紫陽花が並ぶ階段の先に、町を一望できる。

靄《もや》がかかっていて、雲の上にいるように見えた。

海も空も灰色で、町の辺りの景色はぼやけている。お寺にいるからか、現在ではなくて、何十年も何百年も前の景色を見ている気分になった。

夢で見た景色よりも、夢みたいだ。

「すごいだろ」アルトは、傘の下で自慢げに笑う。

その笑顔を見たら、また少しだけ寂しくなった。

懐かしいとも、感じた。

大盛りのソフトクリームみたいな入道雲が、水平線の上に浮かんでいる。

窓を閉めていても、桜並木や学校の周りの森から、蟬の声が聞こえてきた。

しかし、朝の教室は、蟬の声をかき消すくらいにざわめいている。

今度の金曜日が終業式で、夏休みが始まる。

期末試験が終わっても、一応授業はある。けれど、生徒からはもちろん、先生たちからもやる気は感じられない。先生の雑談を聞いたり、視聴覚教室で映画を見たり、校外奉仕で浜辺にごみ拾いに行ったりして過ぎていく。

教室のあちらこちらから、夏休みにどこへ遊びにいくのか相談する声が聞こえてくる。男子が女子を、女子が男子を誘おうとしている声も聞こえる。いくつかの運動部では三年生が引退するから、次の部長は誰がなるのか相談している人もいる。うちの高校の運動部はどこもそんなに強くないので、インターハイも甲子園も関係ない。テニス部も、夏休み前で三年生が引退するようだ。白いテニスウェアを着て、森の奥にあるテニスコートに行く谷田部先輩の姿は、もう見られなくなってしまう。でも、そんなことを残念がっている場合ではないのだろう。話したこともない先輩に萌《も》えるより、現実的な恋愛がしたい。誰か「夏休みにどこか行こうよ」とか、誘ってくれないだろうか。自分から誘うのは恥ずかしいし、誘いたい相手もいないので、声をかけてほしい。

夏休み中に男子と遊ぶとしても、バンちゃんやアルトぐらいだろう。

何が楽しいのか、さっきから騒いでいる。バンちゃんとアルトは教室の後ろの隅で、冴《さ》えない男子たちと一緒に、エロ動画でも見ているのだろう。だが、バンちゃんのスマホで、動画を流しているようだ。朝から、冴えない男子だけではなくて、さっきまでサーフィンがどうとか話していた男子も、東京まで買い物に行こうと話していた女子も、それぞれでスマホを中心に集まっていた。

「ねえ、ねえ、あれ、何を見てるんだろう」

わたしの机に張りつくようにして、世界史のノートを写しているマーリンに聞く。

今日の六時間目に提出しなくてはいけないのに、マーリンの世界史のノートは、わたしのよりも二百年くらい前のところで止まっている。授業中、ノートをとらずに、何をしていたのだろう。赤点ではなかったから、授業を全く聞いていなかったわけではないと思う。

わたしもマーリンも、赤点をとらず、無事に一学期の試験を終えた。

「何？」マーリンは、ノートから顔を上げる。

「あれ」後ろにいるバンちゃんたちを指さす。

「エロ動画じゃないの？」

「あっちやそっちも」他のグループを見る。

「なんだろう」

「同じ動画なのか、違う動画なのか」

「聞いてくる？」

「気になるけど、エロ動画だったら、嫌だなあ」

中学生の時は、男子が女子にいやらしい画像や動画を見せて、からかってくるということがたまにあった。女子だけで集まってそういうものを見て騒いだりもしていたが、男子の前では「やめてよ！」と、怒っていればよかった。高校生になってからは、どう反応するべきものなのか、よくわからなくなった。画像や動画の中で行われていることが、わたしたちの人生に近づいてきているということなのだろう。

どうしようか迷っていたら、バンちゃんがスマホを持って、わたしたちのところに来た。

「これ、知ってる？」バンちゃんが言う。

「何？」わたしとマーリンは、バンちゃんのスマホをのぞきこむ。

そこには、川西さんが映っていた。

川西さんの後ろには、バラが咲いている。

昼休みに、旧校舎の裏のバラ園で、川西さんが動画を撮っているのを見たことがある。

その時の動画だろう。

ホームルームまで時間があり、川西さんはまだ登校してきていない。

「川西さんだね」

知っていたことを見せられただけなので、わたしもマーリンも、エロ動画以上に反応に困る。

もっと驚くべきかと思ったが、芝居がかって不自然になる気がした。

「後ろ見て、後ろ」バラ園の奥の方をバンちゃんは指さす。

「どこ？」

「ここ」

バラの間に顔が映っている。しばらく経つとその顔は、真ん中で割れるようにして、消えた。

「心霊動画。出たんだよ、旧校舎の幽霊」

「ああ、うん、映ってるね」わたしもマーリンも、更に反応に困る。

「怖くね？」

「……怖いねえ」

「なんだよ。反応、悪いな」

「いや、その、うん、怖すぎるからかな」わたしが言う。

「そうだね。怖すぎると、反応に困るよね」マーリンが言う。

「そこまでじゃねえだろ」笑いながら、バンちゃんはアルトたちのところに戻っていく。

わたしはカバンからスマホを出し、バンちゃんに頼んで、動画を送ってもらう。動画をもう一度見て、わたしもマーリンも何も言わずに席を立ち、教室を出る。無言のまま、廊下を歩き、トイレに行く。

トイレの一つの個室に、マーリンと二人で入り、動画を細かく確認する。映っているのは、わたしの左目とマーリンの右目だ。ピントは川西さんに合っていて、奥の方はぼやけている。はっきり映っているわけではないし、鼻や口元が隠れているため、一人の顔のように見える。目の高さが大きくずれていて、鼻筋が入っているべきところは二人の顔の間だから黒い影になっていて、ピカソの描いた絵みたいにいびつな顔だ。

動画を停止して、コメントを読む。

二ヵ月くらい前に、動画サイトで配信されて、アーカイブに残っていたらしい。川西さんは、芸能事務所に所属しているわけではないが、アイドル活動みたいなことをネット上でやっているようだ。不定期で動画を配信している。実験したり踊ったりはせず、カメラに向かっておもしろくもなんともないことを喋《しゃべ》るだけだ。リアルタイム配信の時は、質問に答えたりもしている。そのサイトで人気があり、ファンも多い。ファンのうちの一人が、川西さんの過去の動画を見ている時、後ろに顔が映っていることに気がついた。再編集して、タイトルに【心霊動画】とつけ、別の動画サイトにアップして、SNSで広めた。背景や川西さんの着ている制服から、学校が特定されている。

昨日の夜から今日の朝にかけ、誰かが発見して、うちの学校内でも広まったのだろう。

顔が真ん中で割れたりなんてするはずがないのだから、二人いることに気がついてもいいのではないかと思うが、怨念《おんねん》を持った女の霊ということになっている。おかしいと感じても、「二人の顔だ」と言われれば、そう見えてしまう。わたしだって、ここに映っているのが自分とマーリンではなかったら、バンちゃんと一緒に「怖い！　怖い！」と騒ぎ、どんな霊なのか想像したと思う。

もう一度、動画を再生する。

「どうする？」最後まで見てから、マーリンに聞く。

「どうする、って？」マーリンは、スマホから顔を上げてわたしを見る。

「わたしたちだ、って言う？」

「誰に？」

「バンちゃんとかに」

「言ってどうするの？」

「でも、言わないままっていうのも……」

「そうだねえ」

騒ぎは一時のことで、夏休み中に忘れられる。

白けさせることをわざわざ言う必要はないと思うけれど、川西さんに悪い気がする。

こんなことで騒がれるために動画配信をやっていたわけではないだろう。それに、わたしとマーリンは、あの時後ろにいたことを気がつかれないようにしていたから、川西さんは何が映っているのかわかっていない。自分の後ろに霊が映っていたなんて、怖すぎる。そういう目で見られるのも嫌じゃないかと思う。学校内だけではなくて、世界中に広まっている。

「川西さんには伝えようか」わたしが言う。

「それで、誤解を解いてほしいって言われたら、バンちゃんやアルトに相談しよう」

「バンちゃんなら、言って回ってくれるだろうし」

「まずは、川西さんと話そう」

トイレの個室から出る。

話し声や物音が聞こえないから誰もいないと思っていたが、田村さんがいた。鏡の前に立ち、髪を結んでいる。

中間試験の前頃に、田村さんとは一度だけ一緒に帰った。仲良くなれると思ったけれど、その後は、あいさつ程度しか喋っていない。

「何してるの?」驚いた顔で、田村さんが言う。

「いやあ、ちょっと」マーリンが言う。

「動画、見てたの?」田村さんは、わたしが持っているスマホを見る。

「ああ、うん」

「怖いよね」

「見たの？」わたしから聞く。

「ううん」

「見てないの？」

「見ないよ。どういうことなのかは、聞いたけど」

「気にならないの？」

「気になるけど、騒がない方がいい気がして」

「じゃあ、何が怖いの？」マーリンが田村さんに聞く。

「みんなで信じちゃってるのが怖くない？」

「そうだね」わたしとマーリンは、うなずく。

信じているというよりも、信じたいだけなのだろう。スマホの小さな画面では一つの顔に見えても、パソコンやテレビの大きな画面で見れば、どういうことなのかわかるんじゃないかと思う。SNSで回ってきた動画をパソコンで見た人も、クラスにはいるはずだ。でも、自分たちにとって、おもしろくなる方を信じている。そして、SNSで回ってきた情報を確かなものだと思いたがっている。そこに書かれていることを信じて、みんなと同じ方向を見ている方が安全だ。騒ぎの中で、「これは、違う」と思っても、言い出せない。それならば、そんな感情は最初から持たない方が楽だ。

田村さんみたいに、見ないで関わらないという意思は持てない。

「これ、わたしたちなの」わたしから田村さんに言う。

「えっ！」さっきよりも、更に驚いた顔になる。

「昼休みに、お弁当食べてる時に川西さんが動画撮ってて、わたしとマーリンがのぞきこんだのが映ってるの」

「そうなんだ」

「川西さんに言った方がいいよね」

「そうだね」

「マーリン、教室に戻ろう」

「うん」

「じゃあ、田村さん、また後で」

田村さんに手を振り、わたしとマーリンはトイレから出て、教室に戻る。

しかし、川西さんとは、話せなかった。

川西さんが登校してきたことにより、騒ぎが大きくなっている。窓側から三列目一番前の川西さんの席の周りに、人だかりができていた。話しかけられる状況ではない。普段は話さないような同級生に声をかけられて困っている川西さんの姿が、人と人の間から見えた。

この状況で、「霊の正体は、わたしとマーリンだ」と、言えるような度胸はない。

情けないと思っても、黙って自分の席に戻る。

マーリンもわたしの席に来て、机に張りつき、世界史のノートのつづきを写す。

「どうしようか？」マーリンに聞く。

「後にしよう。もうすぐ先生も来るし」

「そうだね」

「ノート借りるね」わたしの世界史のノートを持ち、マーリンは自分の席に戻っていく。

バンちゃんとアルトは、騒ぎの輪には入らず、アルトの席で喋っている。田村さんは教室に戻ってきて、自分の席に座る。

ホームルームの始まるチャイムが鳴り、担任の山岸《やまぎし》先生が入ってくる。

「席着け。スマホ、しまえよ。使用禁止にするぞ」

山岸先生が言うと、川西さんの周りに集まっていた全員が自分の席に戻り、カバンにスマホをしまう。

日直が号令をかけて、朝のあいさつをする。

出欠を確認した後で、山岸先生は連絡事項を話し、自分の担当する世界史のノートのことも言う。クラスの雰囲気がいつもと違う気がする。騒ぎがあったから落ち着かないというだけではない。いつも生徒の方を見て話す山岸先生が下を向いているからだ。これは、怒られる前兆だ。たまにしか怒らない先生だからこそ、その前兆はよくわかる。

先生たちは、SNSをチェックしている。学校名が出ているから、川西さんの動画のことも伝わっているだろう。

「川西」山岸先生は顔を上げ、川西さんを見る。

「はい」川西さんも、山岸先生を見る。

「昼休みに職員室に来なさい」

「はい」

「お弁当、食べた後でいいから」

「はい」うなずいて、そのまま川西さんは下を向く。

「日直」日直を見て、先生は言う。

だが、クラス全員を見ているという気がした。

一年生の時も、わたしは三組で、山岸先生のクラスだった。他のクラスでスマホが使用禁止になったり、謹慎になる生徒が出たりする中、三組だけはそういうことがない。先生はわたしたちを信頼してくれているから、裏切ってはいけないという意識が常にある。川西さんの動画のことは、彼女一人の責任ではなくて、クラス全員が何かミスをしたということなのだろう。

日直が号令をかけ、ホームルーム終了のあいさつをする。

山岸先生は、教室を出ていく。

一時間目の現国が始まるまで十分あるが、誰もスマホを出さず、川西さんにも声をかけなかった。

昼休みになり、川西さんは自分の席でお弁当を食べている。クラスの全員が気にしている中で、友達と喋りながら、卵焼きを食べる。

見てはいけないと思いつつ、わたしもマーリンも、わたしの席でお弁当を食べながら、川西さんを気にしてしまう。

先生たちが問題にしているのは、霊が映っていることではない。アイドル活動みたいなことをしているから、呼び出された。うちの学校では、アルバイトが禁止されている。芸能活動も、禁止だ。わたしたちが入学するよりも前、アイドルグループのオーディションに合格した生徒がいたらしい。担任に合格を報告したところ、退学になった。川西さんは、芸能事務所に所属していないので、その生徒とは違う。けれど、事務所と契約しているから駄目とか、そうではないからいいとかいう問題ではないのだろう。背景に学校も映っていたし、処分なしというわけにはいかないのではないかと思う。

お弁当を食べ終えた川西さんは、一人で教室から出ていく。

ほとんど喋ったことがないから、川西さんがどういう性格で、何を考えているかなんて知らない。かわいくておとなしくて、気弱な子だと思っていた。でも、違うのだろう。教室から出ていく後ろ姿は、堂々としていた。遊びで動画配信をやっていたのではなくて、考えがあったのだと思う。いつか、こうなると覚悟していたんだ。

川西さんが出ていったことにより、教室中の空気が緩む。

「霊どころじゃなくなっちゃったね」マーリンに言う。

「そうだね」

「わたしたちがのぞきこまなかったら、騒ぎにならなくて、先生にばれなかったのかなあ」

「どうだろう。でも、いつかはばれてたんじゃない？」

「そうだよね」

「うん。そうだよ」鶏の唐揚げを食べながら、マーリンは大きくうなずく。

堂々としている川西さんに対し、自分の小ささが嫌になる。

動画配信をやっていることなんて、今日まで、クラスの誰も知らなかったのだろう。川西さんと仲のいい子たちも、知らなかったようだ。誰かが協力していたわけではないから、連帯責任なんてことにはならないはずだ。だが、クラスのほぼ全員が、昼休みに川西さんがどこかへ行くことを知っていた。なのに、誰も確認しなかった。わたしとマーリンは、動画を撮っているところを見ても、川西さんに何か聞いたりしないままだった。「何やってるの？」と聞く方が良くない気がしたのだけれど、それは間違いだったのかもしれない。

誰かが気がつき、話を聞いていたら、川西さんを一人で職員室に行かせないで済んだ。心霊動画だと騒ぐのではなくて、クラス全員で彼女を守る方法があったんじゃないかと思う。川西さんが好きでやっていたこと、勝手にやっていたことだとしても、自分たちはどこかで間違ったのではないかという気持ちが残る。

マーリンに同意してもらうことで、自分は悪くないと思いたかった。

みんながお弁当を食べ終えて、学食に行っていた人たちが教室に戻ってきて、それぞれの席で喋ったり、五時間目のリスニングの教室に移動する準備をしたりする頃になっても、川西さんは戻ってこなかった。五時間目が始まっても、戻ってこないままだった。リスニングの授業中に処分が決まり、帰ってしまうんじゃないかと思っていたら、川西さんは六時間目の世界史の授業が始まる前に教室に戻ってきて、何もなかったかのような顔で、席に着いた。


山岸先生が教室に入ってくる。

日直が号令をかけて、あいさつをする。

「ノートは、授業の最後に集めるからな」山岸先生が言う。「教科書、開いて」

先生も、何もなかったかのような顔で、授業を進めようとする。今は世界史の担当としてわたしたちの前に立っているのであり、ホームルームではない。それでも、何か言ってくれてもいいんじゃないかと思う。もうすぐ夏休みで、ただでさえやる気を失っている中、こんな状況では授業に集中できない。

「先生」廊下側の席で、アルトが手を挙げる。

「どうした？　満井」

「川西さんの件、どうなったんですか？」立ち上がり、アルトは先生に聞く。

意外な人の意外な行動に、教室中がざわつく。

アルトが目立つのは、リスニングの授業の時ぐらいだ。普段は、冴えない男子グループのうちの一人として、おとなしくしている。サーフィンをやっているような男子とも話したり、たまに学校をサボったりもするけれど、目立つ行動はとらない。知的キャラとして、眼鏡の奥から冷静に教室を見ている感じだ。

「今は、世界史の授業だから」アルトを見て、先生は言う。

「気になって、授業どころではありません」

クラス全員がアルトに同意を示して、何度もうなずく。

「まあ、そうだよな」

「ホームルームで、話してもらえるわけでもないですよね？」

「でも、これは、川西の問題だから」

「川西さんの問題は、クラス全員の問題でもあります。僕は、川西さんが動画配信をやっていることを前から知っていました。心霊動画の騒動で知ったという人もいるとは思いますが、僕同様に以前から知っていた人も、クラスに何人かいるはずです。彼女のためを思って言わない方がいいと考えていました。でも、それは間違いだったんです。校則違反になるかもしれないという可能性は考えられ、クラスメイトとして、見ないフリをするべきではなかった。先生だって、そう思っているんじゃないですか？」

「そうだな。連帯責任とは言わないけれど、騒ぐ以外のことも考えられたんじゃないかと思っている」

「はい」

「川西、話していいか？」先生は、川西さんを見る。

「はい」川西さんは、小さな声で返事をする。

堂々として、平気な顔をしながらも、不安だったのだろう。その声は、微《かす》かに震えていた。

「とりあえず、満井は座れ」

「はい」アルトは座り、眼鏡を直す。

恥ずかしそうにしている横顔から、アルトの不安も伝わってきた。

うちのクラスにはいじめもないし、悪いことをするような生徒もいない。派手な感じの男子、冴えない男子、目立つ女子、おとなしい女子、というなんとなくのグループ分けはあっても、スクールカーストやヒエラルキーというほどではない。グループを越えて、話すこともある。クラス全員で仲が良くて、毎日楽しい。けれど、息苦しさをたまに感じる。みんなと違うことや、みんなに迷惑をかけることをしてはいけない気がしていた。それによっていじめられることなんてないとわかっていても、和を乱すには勇気がいる。

みんなを代表して、アルトは勇気を発揮した。

間違っていないということを後でちゃんと伝えよう。友達として、彼が不安なままでいないようにしたい。

「川西は、明日から終業式の日まで、登校謹慎になります」山岸先生が言う。

謹慎には、登校謹慎と自宅謹慎の二種類がある。自宅謹慎の場合は、決められた期間、自宅にこもっていないといけなくなる。登校謹慎の場合は、みんなより少し早く登校した後、職員室の前にある生徒指導室で自習して、みんなより少し早く下校する。処分のレベルは登校謹慎の方が軽くても、自宅謹慎より精神的に辛《つら》い感じがする。

「何が問題なんですか？」手を挙げて、アルトが先生に聞く。

「うちの学校ではアルバイトや芸能活動を禁止している。川西は芸能事務所に所属していないし、動画配信でお金を稼いだりはしていないということだ。けれど、ファンもいて、芸能活動と変わりはない。制服姿で、公の場に出ていることも問題になった。今後、動画配信はしないと約束して、夏休み前という状況を考慮した結果、登校謹慎になった」

「動画配信をしているのは、川西さんだけじゃありません」アルトが言い、教室の真ん中の席でバンちゃんが大きくうなずく。

「どういうことだ？」比べるようにして、山岸先生はアルトとバンちゃんを見る。

「考古学部でも、動画配信をやっています」バンちゃんが言う。

「部活紹介のパンフレットにも書きましたが、問題視されませんでした」アルトがつづける。「制服姿で、考古学部の部室で撮った動画を公の場に出しています。視聴回数はすごく少なくても、他校の考古学部の中には熱心に見てくれている人もいます。これは、ファンと考えられるのではないでしょうか」

「そうか」

「先生、わたしたちも動画を上げています」バンちゃんの斜め前の席で、田村さんが言う。

「田村が？　何を？」先生は、驚いた顔をする。

田村さんは目立つ女子のグループにいても、自分から発言するタイプではない。帰国子女だからというのは偏見でしかないけれど、アルトも田村さんも、わたしたち以上に教室にいることに息苦しさを感じているのかもしれない。わたしとアルトでは、「学校に行きたくない病」の奥底にある気持ちは、違ったのだ。

「踊ってみた、です」

「……踊ってみた？」眉間《みけん》に皺《しわ》を寄せ、山岸先生は田村さんを見る。

山岸先生は見た目が若いし、生徒たちの感覚に近いように思えるが、四十歳を過ぎている。ＳＮＳや動画配信について教師として色々と調べているみたいだけれど、把握できていないこともあるのだろう。

「ミュージシャンやアイドルのＰＶのマネをして踊って、動画サイトにアップしています。川西さんと同じように、旧校舎の裏のバラ園で撮ったものをアップしている生徒もいます。ダンス部は、学校名を出しています。芸能人のＳＮＳに載って、考古学部とは比較にならないくらいの視聴回数になっている動画もあります」

「そうかあ」

想像とは違う状況になり、情報処理能力が追いつかないのか、山岸先生は考えこんだ顔で黙ってしまう。

「川西さんの何が問題なんですか?」アルトは立ち上がり、追い討ちをかけるように聞く。

「動画配信でお金を稼いでいないならば、アルバイトという扱いにもならないはずです。ファンは勝手につくものであり、それを芸能活動というのは、おかしいのではないかと思います。動画配信をやっていても、ファンがいなかったら、芸能活動ではないから謹慎にならないことになります。制服姿で公の場に出ていることが問題になるならば、考古学部とダンス部の他にも動画を上げたことのある生徒は、全員が処分を受けるべきです」

「そうだよなあ」

「昨日今日のことではなくて、何年も前から同じことをやっている生徒はいたのではないかと思います。校内で撮った写真をSNSにアップしている生徒がいることは、先生たちもご存知ですよね? 制服で出てはいけない公の場とは、どこなのでしょうか? SNSならば、いいんですか? 動画サイトだから駄目なんですか? 今まで、なんの対策もしてこなかった。それなのに、川西さんだけが処分されるのはおかしいのではないでしょうか」

「満井、それ以上言うと、スマホが全面禁止になるぞ」アルトを見て、先生が言う。

「あっ！」しまったという顔をして、アルトは声を上げる。

冷静に話していたアルトの表情が崩れたのがおかしくて、教室中に笑い声が上がる。

「わかった。川西のことは、先生たちで話し合って、改めて考えてみる。スマホは、リスニングのために許可したのだから、全面禁止にならないようにする。禁止したとしても、どうせ持ってくるだろうしな」

「はい」アルトは、大きくうなずいてから座る。

「川西は、放課後にもう一度、職員室に来てくれるか？」

「はい」さっきよりも大きな声で、川西さんは返事をする。

「授業に戻るぞ。教科書、開け」

これ以上言うことはないので、全員が黙って、世界史の教科書を開く。

同じクラスの友達が登校謹慎になるかどうか。それは、遠い国で何百年も前に起きた戦争よりも、大きな問題だ。


帰りのホームルームが終わり、アルトはバンちゃんと一緒に廊下へ出ていく。わたしとマーリンも二人を追う。

「アルト」後ろ姿に向かって、マーリンが声をかける。

「何？」アルトは立ち止まって、振り返る。

「えっと、さっきの、良かったと思うよ」

マーリンは、わたしと同じことを考えていたようだ。同意を示すために、わたしはうなずく。

「からかいにきたのか？」

「違うよ」わたしが言う。「良かったって言ってんじゃん」

山岸先生に向かって冷静に意見する姿はかっこよく見えたが、それを伝えるのは、さすがに恥ずかしかった。

「まあ、相手が川西だったからな」いやらしい笑みを浮かべて、バンちゃんが言う。

「それを言うなっ」顔を赤くして、アルトはバンちゃんの腕を叩《たた》く。

「こっそり動画見てたんだろ。かわいいって言ってたもんなあ、川西のこと」

「そういうんじゃねえよっ！」アルトは、バンちゃんの腕をもう一度叩く。

「だって、井上やマーリンだったら、あんな風に守ったりしないだろ？」

「それは、そうだな。謹慎でもなんでも、勝手になればいい」

「ひどいっ！」わたしとマーリンは、声を揃える。

「謹慎になるのだって、人生経験のうちの一つだよ」アルトが言う。

「場合によっては、考古学部全員が謹慎かもしれないしね」マーリンが言い返す。

川西さんの登校謹慎が免除されることを望んでアルトも田村さんも発言したのだけれど、逆の結果になってしまうこともある。二学期には、新しい校則ができているかもしれない。

「そうなんだよな」しゅんとした表情になり、バンちゃんは下を向く。

「それは、失敗したと思ってる」アルトも、落ちこんだ表情になる。

「川西と一緒に謹慎になれるならいいいか」バンちゃんは顔を上げ、またいやらしい笑みを浮かべる。「夏休み前に話すきっかけができて良かったな」

「だからさ、言うなって言ってるよな？」

アルトはバンちゃんの腕をグーで殴る。叩くだけでは、気が済まなくなったようだ。

「なんでだよ。川西に近づけるチャンスだろ」

「そのことは、後で部室で話そう。こいつらの前では言うなっ！」

「わかったよ」

バンちゃんは、不満そうに口を尖《とが》らしながら、殴られたところを擦《さす》る。その姿を見て、わたしとマーリンは笑う。笑いながら、胸の奥が少しだけ痛くなるのを感じた。

「満井君」

後ろから声が聞こえて振り返ると、川西さんがいた。

わたしとマーリンとバンちゃんは一歩下がって、アルトから離れる。

川西さんとアルトは、向かい合って立つ。

「さっき、ありがとう」かわいい声で、川西さんが言う。

「ああ、うん」冷静を装っているが、耳や首まで真っ赤になっていた。

「嬉《うれ》しかった」

川西さんに笑顔でそう言われ、アルトは下を向く。

「いや、当然のことをしただけっていうか」

「これから職員室に行ってくるね」

「えっと、気をつけて」

「じゃあね」

手を振って、川西さんは廊下の先へ行く。

ぼんやり立っているアルトの背中をバンちゃんが叩く。バンちゃんは、驚いた顔をしたアルトに「行けよ」とひとことだけ言う。小さくうなずき、アルトは川西さんを追いかける。

「あっ、谷田部先輩だよ」窓の外を指さして、マーリンが言う。

「えっ、ああ、本当だ」

外を見ると、テニスウェアを着た谷田部先輩がいた。他のテニス部員と話しながら、笑っている。

久しぶりに見られて嬉しいという気持ちよりも、川西さんとアルトを気にする気持ちの方が大きかった。

廊下の先に目を戻したら、並んで歩く二人の後ろ姿が見えた。

アルトが夢で見たアイドルは、川西さんだったのかもしれない。

勇気は、好きな女の子のために発揮されたんだ。

レタスが二つも増えている。

九つのレタスは、順調に進化を遂げている。

一番左にある最も古いものは、黄緑色をした丸いかたまりでしかない。一番右にある最新作は、ちゃんとレタスに見える。本物より色鮮やかだし、細かい繊維もないので、近くで見たら食品サンプルだとわかる。だが、離れて見る分にはレタスだ。

「何してんの？」マーリンは両手にお菓子の袋を抱え、足でドアを開けて部屋に入ってくる。

「レタス、増えたなと思って」テーブルの前に座る。

「先週、ちょっとね」

「ちょっとって、何？」

「東京まで行って、練習してきた」

いったい、何個作るつもりなのだろう。このままでは、本棚の上がレタス畑になってしまう。

小学生の頃のままだというマーリンの部屋は、異様なほど少女趣味だ。壁紙はピンク色の花柄で、布団やカーテンもピンク色で、家具は白で統一されている。ドアや窓枠まで、白い。マーリンの趣味ではなくて、マーリンのお父さんの趣味だ。娘が生まれたら、フランス映画に出てくるようなかわいい子供部屋を作ることが夢だったらしい。レタス畑からいつか、妖精《ようせい》でも生まれてきそうに見える。

うちの両親はわたしに対して、何も希望を言わない。陸上をやめる時も、「好きなようにしなさい」としか言われず、少し寂しく感じた。しかし、ここまで父親の希望を押しつけられているマーリンを見ると、何も言われない方がいい気がしてくる。

「入るよ」

ドアの向こうから声がして、マーリンのお父さんが部屋に入ってくる。手には、オレンジジュースとパウンドケーキの載ったお盆を持っていた。パウンドケーキは手作りで、ドライフルーツがたっぷり入っている。

「いらっしゃい。遥ちゃん」

「お邪魔してます」

「そこ、置いて」マーリンは、わたしの正面に座る。

「はい、はい」

マーリンのお父さんは、娘に指示されるまま、テーブルの上にジュースとケーキを並べる。

「ゆっくりしていっていいから。夕ごはんも、食べていく？」並べながら、わたしを見る。

「夕方には、帰ります」

「そう」残念そうにする。

「さっさと出てってよ」にらむようにして、マーリンはお父さんを見る。「そのケーキ、食べないからね」

「せっかく作ったんだから」

「夏場に、こんなの食べないでしょ」

「置いておくから、そう言わずに食べなさい」

「いらないよ」

「他に何か欲しかったら、言うんだよ」マーリンのお父さんはお盆を持って、部屋から出る。

どれだけキツく当たっても、マーリンはお父さんが嫌いというわけではないようだ。レタスを作る時には、東京まで一緒に行ったんじゃないかと思う。マーリンのお母さんは仕事が忙しくてほとんど家にいないので、何度かしか会ったことがないが、娘以上に気が強い。けれど、本気で怒ったら一番怖いのは、お父さんらしい。

「レタス作家になるの？」マーリンに聞く。

「何？　レタス作家って？」

「食品サンプルのレタス作りのプロ。レタス作家じゃなくても、そういう方に進むの？芸術とかデザインとか」

「ううん」首を横に振り、マーリンはジュースを飲む。「サンプル作りは、高校生の間だけの趣味だから。夏の間にレタスを極めて、その次は海老《えび》の天ぷらを極める」

「大学生になったら、やめるんだ」わたしも、ジュースを飲む。「っていうか、大学行くの？」

「行くよ」

「そうだよね。行くよね」

二学期になったら、進路希望の話が出るだろう。まだ真剣に考えないでよくても、ぼんやりと決めておいた方がいい。

共働きのうちの両親やお母さんだけが働いているマーリンの両親を見ていると、生き方はそれぞれなのだと感じる。他の友達を見ても、お父さんだけが働きに出て、お母さんが専業主婦という家は少ない。男だから、女だからという時代ではなくなっていく。高校を卒業してからの人生の方が長くて、選択肢は無数にある。うちを離れて一人暮らしをするということも考えると、その選択肢は更に増えていく。特別にやりたいことがないのだから、どれを選んでもいいんだ。たとえば、大学に行かないと決めても、お母さんとお父さんは何も言わないだろう。

でも、大学には行くと思う。

行きたい理由もないけれど、行きたくない理由もない。それならば、行っておいた方がいいんじゃないかという気がする。

得意なことも資格も何もないわたしが高卒で働こうとするより、大学を出た方ができることは増えるだろう。就職のために大学に行くのは違う気もするけれど、あと一年半と少し先のわたしが社会に出られるとは考えられない。もうちょっと猶予期間がほしい。

しかし、今のままの成績だと、入れる大学は限られている。選択肢を増やすために、もっと勉強しなくてはいけない。来年の夏休みは、夏期講習に通ったりして、好きに遊んでいられなくなる。

今年の夏はパーッとはじけたい！

そう思っても、毎日のようにマーリンの家に来て、クーラーの効いた部屋でお菓子を食べながらジュースを飲み、ゲームをしたり漫画を読んだりしているだけだ。

「海でも、行く？」マーリンは、食べないと言っていたケーキを食べる。

「何しに？」わたしも、ケーキを食べる。

オレンジピールが入っていて、夏に合った爽《さわ》やかな味になっている。

「素潜りして、密漁」

「いや、マーリン、素潜りできないじゃん」

「潜るくらいできるよ」

「ちょっと潜れるくらいじゃ、密漁はできないから」

会うたびに、同じことを話している。密漁には行かず、それぞれ漫画に手を伸ばす。外では、青い空が広がり、太陽が全力で輝いている。

夏休みは、あと半分しかない。

五時を過ぎて少し涼しくなってから、外に出る。

マーリンと二人で海水浴場まで行き、海の家に入る。

海の家は、カフェみたいになっていて、夜まで営業している。昼間ほどではないが、今の時間でも、まだ混んでいた。ビキニを着たお姉さんたちや割れた腹筋を見せびらかしているお兄さんたちに囲まれるようにして座る。彼女たちや彼らにとって、わたしとマーリンのようなTシャツに短パンの子供は、背景の一部みたいなものだろう。絡まれることもなければ、ナンパされることもない。

ビキニのお姉さんたちは、長い脚を組んで、ビールを飲んでいた。

すごく年上に見えるけれど、二十代前半だと思う。

あと四年か五年経ったとしても、わたしやマーリンがお姉さんたちみたいになることはないだろう。身長は、中学校三年生の春で止まった。胸もたいらなままで、これから急激に大きくなったりなんてしない。

選択肢は、無数にあるように見えて、限られているのかもしれない。今からどんなに勉強しても、限度がある。偏差値の高い大学には、入れない。数学が苦手だから、理系には進めない。お姉さんたちのように、グラマーになることもない。ある日突然に才能が開花して、芸術家になるなんてこともないと思う。自分に合った道を選ぶことになる。けれど、それがどんな道かも、まだ見えなかった。

「何してんだよ？」カウンターの奥からバンちゃんが出てくる。

「おごって」マーリンが言う。

「嫌だよ」

「バイトしてること、先生にチクるよ」

「恐喝か？」

「どこが？」

「クラスメイトの優しさ」

「黙っておいてあげるからさあ」

夏休み中、バンちゃんは海の家でアルバイトをしている。接客はせず、奥で調理の手伝いや洗い物やごみ捨てをするだけだから、誰にもばれないと思ったらしい。だが、バイトが終わって裏口から出たところで、海岸沿いの国道を歩いていたわたしとマーリンに会ってしまった。

海の家の他に、旅館や民宿でも、夏の短期アルバイトをしている同級生は何人かいる。みんな、学校にばれないように、少し離れたところまで行く。バンちゃんも、自分の家や学校からは離れたつもりだったのだろうけれど、マーリンの家まで徒歩五分の場所だということを忘れていたらしい。ただ、先生たちが海水浴場の端から端まで見て回ることはできず、取り締まっているとキリがないから、夏休み中のアルバイトは黙認されている。家が商売をやっていて、手伝いをしなくてはいけない生徒も多い。

「オレのバイト代がマーリンと井上に奪われていく」バンちゃんは、泣きそうな顔になる。

「バイト代の一部だけじゃん」わたしが言う。

「それより、また髪染めた？」マーリンは手を伸ばし、バンちゃんの髪を引っ張る。

一学期は黒かったバンちゃんの髪は、会うたびに茶色くなっていき、金に近い。うちの学校は、髪を染めるのも禁止だ。休みに入ってすぐに染めて、エスカレートしていっているのだろう。

「かっこいい？」

「全然」わたしとマーリンは声を揃え、首を横に振る。

似合わなくはないけれど、黒髪の方がいいんじゃないかと思う。髪だけではなくて、雰囲気も変わった感じがする。ちょっとだけ、軽薄になったように見える。海の家で一緒にアルバイトしている大学生とかから影響を受けたのだろう。ビキニのお姉さんたちと話している店員は、見た目も喋《しゃべ》り方もチャラい。

「いいと思ったんだけどな」バンちゃんは、髪に触る。

「それより、今日は何をおごってくれるの？」マーリンは、壁に貼ってあるメニューを見る。

「安いものにして」

「かき氷がいい」わたしも、メニューを見る。

店構えはカフェみたいでも、ラーメンや焼きそばやカレーやかき氷という海の家の定番メニューがちゃんと揃っている。かき氷は、いちごとレモンとメロンとブルーハワイで、昔ながらという感じだ。

「わたし、ブルーハワイ」マーリンが頼む。

「いちごにする。いちごミルクがいい」わたしが言う。

「ブルーハワイといちごミルクな。ちょっと待ってて」

不満そうにしながらも、バンちゃんはカウンターの中へ戻っていく。

マーリンの家でダラダラした後で、バンちゃんにたかるのがパターン化している。毎日のようにおごってもらうのは悪いから、二学期になったら、学食でお返ししようと思っている。でも、そのお金は、お母さんとお父さんからもらう。わたしも、夏休み中にどこかでアルバイトをすればよかった。そうしたら、出会いとかもあったかもしれない。

二学期には、バンちゃんの他にも、雰囲気が変わっている同級生が何人かいるだろう。

かき氷を待ちながら、マーリンと二人で、黙って海を眺める。

昼間ほど暑くなくても、太陽はまだまだ沈まない。

海水浴客が押し寄せ、遊びつくされた海は、コーヒー牛乳みたいな色をしている。

「お待たせ」

バンちゃんがかき氷を二つ持ってきて、わたしとマーリンの前に並べる。カウンターに戻り、自分の分のメロン味のかき氷を持ってきて、一緒に座る。

「ありがとう」わたしとマーリンは声を揃えて、お礼を言う。

「味わって食べなさい」

「はい。いただきます」

サービスしてくれたみたいで、かき氷は今にも倒れそうだ。下の方からそうっと崩して、シロップと混ぜながら、食べていく。

「バイトは？　もういいの？」マーリンがバンちゃんに聞く。

「もう終わり」

食べ方に性格が出るのか、マーリンもバンちゃんもテーブルにこぼしながら、豪快にかき氷を崩している。そうっと崩している自分が小さい人間のように思えてきた。

「オレ、お盆が終わったら、もういないからな」

「そうなの？」わたしが聞く。

「お客さん減るし」

今月の終わりまで、海の家は営業しているが、お盆を過ぎると海水浴客は減っていく。クラゲは出なくても、夏の終わりが近づいている感じがして、泳ごうという気もしなくなるのだろう。来月になれば、ほんの数日のうちに海の家は撤去されて、元の浜辺に戻る。

「あと、部活もあるから」

「考古学部、夏休みに活動してんの？」話しながらも、マーリンはかき氷を食べることに集中している。

「してるよ。今だって、バイトが休みの日は、学校行ってるし」

「その髪で？」

「職員室とか、先生と会いそうなところには、近づかないようにしてる」

「ふうん」

「来月は文化祭があるし、そのすぐ後には大会があるから」

「大会？」マーリンは、かき氷から顔を上げる。

「そこで賞をもらえれば、来年の夏に全国大会に出られんの」

「早くない？」

「そういうもんなんだよ。運動部とか吹奏楽部とかと違って、一発本番っていうことじゃなくて、発表までの準備に時間がかかるから」

「準備って？」

「資料を集めて、史跡を見にいって、その結果から自分たちなりの意見を話し合ってまとめて、模型を作って、発表用の冊子を作って。結構、大変なんだよ」

「そうなんだ」

「どう？　興味持った？」バンちゃんは、わたしとマーリンの顔を見る。

「より一層、興味がなくなった」わたしが言う。

「なんでだよ？」

「だって、大変すぎるもん。軽い気持ちでは、入れないよ」

「うん」マーリンは大きくうなずいて、わたしに同意する。「放課後に土器の発掘に行くくらいなら、ちょっと楽しそうだなって思うよ。けど、資料とか冊子とか、無理」

「土器の発掘なんか、たまにしかやらないからな」

同じようなことを最近話した気がしたけれど、相手はバンちゃんではなくてアルトだった。学校をサボった時だから、二ヵ月も前だ。

夏休みに入ってから、アルトとは会っていない。

「そういう方が部員は増えると思うよ」ブルーハワイに飽きたのか、マーリンはわたしのいちごミルクに手を伸ばす。

「そうなんだろうけどさ、新入生歓迎イベントとして、土器の発掘に行ったりするじゃん。でも、それで入った部員って、すぐに辞めちゃうんだよ。結局、活動の中心は、この辺りの旧跡を辿《たど》るとか、そういうことだから」

「なんか、もっと、女子受けしそうなことやれば」わたしも、マーリンのブルーハワイを少しもらう。

シロップ自体の味はあまり変わらない気がするけれど、ミルクがない分、爽やかだ。

「たとえば？」バンちゃんは、カウンターから布巾《ふきん》を持ってきて、テーブルの上を拭《ふ》く。

「パワースポット巡りとか」わたしが言う。

「他は？」

「恋愛運が上がる神社に行ったり」

「それ、パワースポット巡りと同じじゃねえの？」

「時代物の漫画の舞台になっているところに行くとか」ひらめいたという感じで、マーリンが言う。

「うーん。そういうことやってる学校もあるよ。女子が集まって、大会よりもみんなで合宿に行くことを目当てにしてる感じ。それが悪いとは思わない。けど、うちの考古学部の目標は、あくまでも全国優勝だから」

「そっか。今、部員って、何人いるの？」

残り少なくなったかき氷を崩しながら溶かす。シロップとミルクが混ざり、淡いピンク色になる。

「三年が三人、二年がオレとアルトで二人、一年が三人。大会終わったら三年が引退するから、ギリギリの人数なんだよな」

「それだとさ、秋の大会で賞をとっても、三年生は全国に出られないってこと？」マーリンは、かき氷を食べていた手を止める。

「そうだよ。だから、三年にはサポートについてもらって、オレとアルトが一年を指導しながら進めてる」

「バンちゃんとアルトで、大丈夫なの？」

「バカにしてんだろ？」

「だって、バカじゃん。アルトは頭いいけど、バンちゃんはバカじゃん」

「マーリンに言われたくねえよ」

「いやいや、わたし、バンちゃんよりも成績いいから」

「大して変わんないだろ」

「変わるって」

わたしは、溶けきったいちごミルクをスプーンですくって少しずつ飲みながら、マーリンとバンちゃんのやり取りを見る。

アルトは学年でも上位に入るくらい、成績がいい。わたしとマーリンは、真ん中より少し下ぐらいだ。バンちゃんは、下から数えた方が早い。でも、一年生の時は、日本史で百点を取ったりしていた。今年は世界史があって、日本史の授業はない。三年生になると、選択社会になり、受験科目に合わせて授業を受ける。当然、バンちゃんは日本史を選び、大学もそういう学科に進むのだろう。偏差値や得意科目、それぞれの希望を考えると、マーリンやバンちゃんやアルトと同じ大学に進むということはないと思う。

今はこうして、毎日のように一緒にいるのが当たり前なのに、一年半と少し先には、別々のところにいる。

「秋の大会がバンちゃんとアルトにとって、全国に行く最後のチャンスってこと？」溶けたかき氷を飲み干してから、マーリンは話を戻す。

「まあ、そうだな」

「バイトしてる場合じゃないじゃん」

「バイトしなきゃ、模型作れないんだよ」

「部費、出てるでしょ？」

人数が少なくても、全国大会に出場したことのある考古学部には、それなりの額の部費が出ているはずだ。うちの高校で、全国に出られる可能性があるのは、考古学部と囲碁将棋部ぐらいらしい。

「出てるけど、足りない。妥協したくないじゃん。遠征費とかもかかるし」

「おごってもらって、ごめんね」わたしが言うと、マーリンも悪いことをしたという表情で、バンちゃんを見る。

遊ぶ金欲しさにバイトをしていると思っていた。

「ああ、これ、金払ってないから」

「えっ？　そうなの？」

「店長からのサービス。友達が来た時は、かき氷くらい出していいって」

「バイト代奪われるとか、言ってたじゃん」

「恩着せておこうと思って」

「なんだ。お礼言って損した」マーリンは、怒ったような顔になる。

「お前らにおごっても、なんの利益もないからな」

「まあ、そうだね」わたしとマーリンは、うなずく。

これで二学期になっても、お礼をしなくていいと思ったら、気が楽になった。

「アルトもバイトしてんの？」マーリンが聞く。

「してるよ」バンちゃんは、食べ終えた器と布巾をカウンターに持っていく。

「どこで？」

「宅配便の倉庫」戻ってきて、座る。「あいつも、お盆明けまで。その後は、集中して文化祭と大会の準備」

お盆明けのことを想像しているのか、バンちゃんは嬉《うれ》しそうにする。

何度聞いても、どこがどうしておもしろいのかよくわからないけれど、バンちゃんとアルトが高校生活をかけられるような何かがそこにはあるのだろう。アルトは、「自分の住んだ場所のことは、できるだけ知りたい」と、言っていた。わたしは、生まれた時から今の家に住んでいるけれど、この辺りのことを全て知っているわけじゃない。いつか、離れることになったら、アルトと同じように思うのだろうか。

「ところでさ、アルトと川西さんって、どうなってんの？」

マーリンがバンちゃんにそう聞くと、胸の奥が少しだけ痛くなった。細い針で軽く突いたような痛みだ。谷田部先輩を見た時みたいに、苦しくなるような痛みではない。

アルトが先生に意見を言ったことにより、川西さんの処分は保留になった。ＳＮＳや動画サイトを調べ、校則をどうするか、夏休み明けに先生たちで相談するらしい。その動きを察知して、問題になりそうな動画や画像を上げていた生徒は、即座に削除にかかった。警察ではないのだから、先生たちは削除した動画や画像まで調べられない。消えきっていない動画や画像があるとしても、それを探し出す技術が先生たちにあるとは思えなかった。技術がある先生もいるけれど、生徒の味方をしてくれそうな先生だ。

「どうもなってねえよ」バンちゃんが言う。「あいつ、せっかくのチャンスだったのに、紳士ぶりやがって」

「アルトは、川西さんのことがマジで好きなの？」

「それは、アルトに聞け。オレは、親友の恋心について、ベラベラ喋ったりしない男だ」

「何それ、つまんない」

「じゃあ、マーリンは、井上が誰を好きか言えよ」

「遥は、ほら、あれだよ。テニス部の谷田部先輩」

「ええっ！　言わないでよ」

「えっ？　言っていいやつじゃないの？」

「いや、いいけど、良くないっていうか」

谷田部先輩のことは、かっこいいと思っているだけで本気で好きなわけではない。言われたところで困らないけれど、恥ずかしかった。クラス内で付き合っている人もいるし、部活の先輩や後輩や他校の生徒と付き合っている人もいる。話したこともない先輩に憧《あこが》れているだけなんて、子供みたいだ。

「テニス部の谷田部先輩？　知らねえな。かっこいいの？」

「わたしはタイプじゃない」マーリンが言う。「でも、かっこ悪くはないよ。系統としては、アルトに似てるよね」

「そんなことないよ」

わたしも、谷田部先輩とアルトは似ていると思っていたけれど、肯定したくなかった。肯定したら、アルトのことを考えると胸が痛くなることも、ばれてしまう気がした。この気持ちは、マーリンにもバンちゃんにも話せない。

「じゃあ、次は、井上からマーリンが誰を好きか話す番」

「えっ？　マーリンの好きな人？」わたしは、正面に座るマーリンを見る。

仲良くなってから一年以上経つが、マーリンが誰を好きかなんて、一度も聞いたことがない。去年の夏頃は、そういうことも少し話したけれど、一方的にわたしが谷田部先輩萌《も》えと話していただけだ。

「お父さんかな」それしか、思い浮かばなかった。

「……なんで？」マーリンは、嫌そうにする。

「マーリンのマーリンか」バンちゃんは、笑う。

一年生の時、バンちゃんもマーリンの家に遊びにいったことがある。男の子が来たことに慌てて、マーリンのお父さんは大騒ぎしていた。バンちゃんには、その姿がアニメ映画の『ファインディング・ニモ』に出てくるニモのお父さんのマーリンみたいに見えたらしい。マーリンは、右の胸ビレが小さくてうまく泳げないニモを心配して、学校までついていってしまう。名前が「茉莉」だから、もともと「マーリン」と呼ばれていたけれど、その日から背後にいつもマーリンみたいなお父さんの姿が見えるという意味も加わった。

「バンちゃんが誰を好きかは、アルトに聞くから」マーリンが言う。

「それはやめろ！　絶対にやめろ！」顔を真っ赤にして、バンちゃんは立ち上がる。

好きな女の子、いるんだ。

話しているうちに陽が沈み、夜になった。

「花火でもやる？」バンちゃんが言う。

「なぜ？」マーリンが聞く。

「お客さんが置いていった花火が裏にあるんだよ」

「忘れ物？」

「いや、買いすぎてあまったから、って言ってくれた」

「そうなんだ」

「どうする？」

「やろう、やろう」わたしとマーリンは、立ち上がる。

バンちゃんは、カウンターの奥に行く。

待っている間に、今更と思いながらも、お母さんに〈帰り、遅くなる〉と、メッセージを送る。マーリンは、「遥と二人で、ごはん食べてくる」と、お父さんに電話する。

バンちゃんがいることは、言わなかった。もしもマーリンに彼氏ができたら、お父さんはどうするのだろう。

そして、その時は、わたしもどうしたらいいのだろう。

恋愛に縁がないと思っていた友達でも、夏休み中に男子と遊びにいったりしている。海の家で喋っているだけなのとは違い、ちゃんとしたデートだ。いつか、マーリンもそうして、男子と会うようになるかもしれない。レタスを作りにいったのだって、お父さんとではなくて、誰か男子と一緒だったのではないかと少し思っている。それは悪いことではないし、友達として祝福しようという気持ちはあるけれど、寂しいとも感じてしまう。今まで通り、学校から一緒に帰ったり、休みの日に一緒に遊んだりできなくなる。

「行こうぜ」バンちゃんが花火とバケツとライターを持って、戻ってくる。

「そのライター、どうしたの？」マーリンは、バンちゃんの隣を歩いて、外へ出ていく。

「借りた」

「煙草、喫《す》ったりしてんじゃないの？」

「喫わねえよ。オレは、全国を目指してんだよ」

マーリンとバンちゃんは、身長差もちょうどいいし、気が合っているし、お似合いだと思う。二人が付き合い、わたしとアルトが付き合えば、四人で遊びにいける。すごくいい案だと思ったけれど、友達同士でみんなが付き合っちゃう少女漫画じゃないんだから、そんなにうまくいくはずがない。まず、マーリンがバンちゃんをそういう対象として見ていない。バンちゃんの好きな女の子も、マーリンではないだろう。そして、アルトが好きなのは、川西さんだ。わたしだって、アルトが気になっていても、付き合いたいというわけではない。気になっているというのとも、違う気がする。自分のことなのに、どういう気持ちなのか、よくわからなかった。「萌え」のように、気持ちをピッタリ言い表せる言葉が見つからない。

「遥、どうしたの？」先に歩いていたマーリンが振り返る。

「トイレか？」バンちゃんも、振り返る。

「違うよっ！」二人を追いかけて、わたしも並んで歩く。

海の家から少し離れたところまで行く。

ほとんどの海の家が営業終了しているし、この辺りは国道沿いにもお店がないから、暗い。

マーリンとバンちゃんの表情がどうにか見えるくらいだ。

月の出ていない夜空には、たくさんの星が光っていた。

「水くんでくる」バンちゃんはバケツを持ち、海に入り、膝《ひざ》がつかる辺りまでいく。

「冷たい？」マーリンが聞く。

「ぬるい」

「わたしも、入りたいな」

「やめなさい」わたしは、海に入ろうとするマーリンを止める。「女の子は、夜の海で泳いだりしてはいけません」

「男なら、いいの？」

「良くないけど。止めても聞かないでしょ」

毎年必ず、何人かが海で亡くなる。

雨の日だけではなくて夜も、海に近づかないように、と子供の頃に何度もおばあちゃんやお父さんから言われた。

わたしたちは、人の命を簡単に呑《の》みこんでしまうものを眺めながら、毎日暮らしている。

「何？　どうした？」バンちゃんは、水を入れたバケツを持って戻ってくる。

「遥が、バンちゃんが海に沈めばいいいって」

「なんだよ？　それ」酷《ひど》いことを言われているのに、バンちゃんは笑う。

「言ってないよ。でも、夜の海は危ないから入っちゃ駄目だよ」

「井上は意外と心配性だよな。大丈夫だよ、オレだって、この辺りの子として、それくらいわかってるから」
「そうだよね」
自分の小ささをまた感じた。
「どれがいい？」バンちゃんは、花火の袋を開ける。
「どれも同じようなものじゃないの？」マーリンは袋の中を見る。
「どう違うか、火をつけてみないとわかんないよね」わたしが言う。
「じゃあ、マーリンはこれ、井上はこれ、オレはこれ」袋から一本ずつ出し、配ってい
く。「オレのに火をつけるから、そこからわけていって」
「はあい」わたしとマーリンは、うなずく。
人のことを心配性と言うくせに、バンちゃんは恐る恐るという手つきで、花火に火を
つける。
まずはマーリンがバンちゃんから火をもらい、わたしはマーリンから火をもらう。
三本とも、よく似ているけれど、少し違う。
バンちゃんの花火が一番派手な感じだ。マーリンの花火は、パチパチと星が瞬くよう
な光を散らす。わたしの花火は、最初は地味だったが、徐々に色を変えていく。
「写真、撮ろうぜ」バンちゃんは、ハーフパンツの後ろポケットからスマホを出す。
わたしとマーリンもポケットからスマホを出す。
それぞれ自分以外の二人を撮る。

花火が消えてから海を背景に三人並んで、バンちゃんのスマホで写真を撮る。

「何してるか、よくわかんねえな」

「そうだね」

撮り合った写真は、周りが暗いのと花火で光の加減がうまく調整できず、煙にまみれてぼんやりしている。三人の方は、フラッシュが強すぎて、顔がてかっていた。

「アルトに送ってやろう」ニヤニヤしながら、バンちゃんはスマホを操作する。「あいつは意外と寂しがり屋さんだから」

「そうなんだ」わたしとマーリンも、アルトに送る。

返信がくるかどうか考えたら、嬉しいような恥ずかしいような気持ちになった。

送り終えて、スマホをポケットに戻す。

二人に表情を見られないように、海の方を向いて、夜空を見上げる。

星が一つ流れた。

坂の下まで来たところで、雨が降りはじめた。

一瞬だけ空を見上げ、そこにいる全員が一斉に傘を開く。

赤や青やグレーや黒、色とりどりの傘が坂の上までつづいている。透明のビニール傘も多い。

しかし、風が強すぎるため、次々に傘を閉じていく。

傘が飛ばされそうになることに耐えるか、雨に濡《ぬ》れることに耐えるか、迷うところだ。

わたしは、さしたままでがんばることにする。

海が荒れていて、国道を走る車も少ないから、波の音がいつもより大きく聞こえる。

傘や地面を打つ雨の音と波の音が重なり合う。

台風が近づいている。

今日の夜遅くに上陸する、と天気予報で言っていた。

明日の朝までには通り過ぎる、とも言っていた。

海岸沿いが通学路なので、いつもならば、台風が近づいている時は休校になる。だが、今日は休校にできない。休校にしたところで、学校に行こうとする生徒がきっといる。先生たちは迷った上で、決断したのではないかと思う。

明日は、文化祭だ。

準備期間は一昨日《おととい》からだったのだが、ほとんどのクラスが半分も準備を終えていない。二年生は飲食店を出すことが決まりになっている。うちのクラスでは、甘味処をやることになった。昨日と一昨日は、白玉の試作と味見を繰り返すだけで終わった。休校になったら、何も装飾していない教室で、明日を迎えることになる。

一週間くらい前から台風の予報は出ていたのだけれど、授業がないことに浮かれて、こうなることを考えられなかった。昨日、帰る頃になって教室の様子を見にきた山岸先生は、あきれた顔をして「明日、台風だからな」とだけ言い、職員室へ戻っていった。

山の上の方から強い風が吹き、傘を飛ばされそうになる。

あと少しで学校に着くし、閉じた方が安全かもしれない。

雨は次第に強くなっていく。

どれだけ分厚い雲が空を覆っているのか、まだ朝なのに、夜が近づいていると思えるほど、暗い。

降りつづける雨の向こうに、校舎が見える。

暗い中、明かりをつけた教室が等間隔に並んでいる。

水族館の水槽みたいだ。

三階に上がって教室の前まで行くと、バンちゃんが廊下に並ぶロッカーを開けっぱなしにして、ジャージに着替えていた。

「見んなよ」バンちゃんが言う。

白いTシャツの裾《すそ》から、薄っぺらいお腹がのぞいている。夏休み中は髪を金に近い茶色に染めていたが、二学期が始まる時には黒髪に戻っていた。自分で染めたみたいで、墨汁をかぶったようになってしまい、地毛よりも黒い。

「見てないよ。見たとしても、なんの興味も持てないよ」

「どうだったら、興味が持てんの？」

「……どう？」

「いやらしいなあ」Tシャツの裾を引っ張り、ジャージの上着を羽織る。

「なんで？」

ジャージは、男子は青で、女子は水色だ。それぞれ、腕と胸に各学年の色のラインが入っている。二年の色は臙脂《えんじ》なのだけれど、ジャージのラインは赤だ。

「興味を持てる身体について、考えたんだろ」

「考えてないよっ！」

少しだけ考えてしまったが、何も思い浮かばなかった。

運動部の男子が教室や廊下で着替えているところを見てしまうことはあっても、お父さん以外で男の人の裸なんて、ちゃんと見たことがない。思い浮かべられるのは、海水浴に来て割れた腹筋を見せびらかしていたお兄さんたちが限界だ。

「おはよう」

廊下の先からアルトが来る。手には、骨の折れた黒い傘を持っていた。

「おはよう。どうしたの?」わたしが聞く。

「濡れたくないと思ってがんばったら、負けた」

「結局、濡れてんじゃねえか」バンちゃんは、制服を丸めて突っこみ、ロッカーを閉める。

「うん」うなずいたまま、アルトは寂しそうに傘を見る。「気に入ってたんだけどな。丈夫なはずだったんだけどな」

学校をサボって水族館で会った時、どんな風にも耐えられると言っていた。からかいたくなったけれど、本気でショックを受けているみたいだったから、やめておいた。

「いいから。さっさと着替えろよ。部室、行くぞ」

「待って」アルトはロッカーを開けて、ジャージを出す。

「そこで着替えると、井上に見られるぞ」

「見ないよっ!」

「オレが着替えるところは見たのに、アルトには興味ないってことか?」

「バンちゃんが廊下で着替えてるのが悪いんでしょ。見たくて、見たわけじゃないから」

「部室で着替える」わたしを見て、アルトが言う。

「そうしよう、早く行こうぜ」

バンちゃんとアルトは階段へ向かう。

部室棟に行くためには、グラウンドを横切らないといけないから、また雨に濡れる。

わたしは、ロッカーからジャージの上着だけ出す。

ハンカチではたけば大丈夫な程度にしか濡れていないから着替えるほどではない。でも、肌寒くて、半袖《そで》のブラウスとベストでは風邪を引きそうだ。

教室には、数人しかいなかった。

文化系の部活はそれぞれで準備があるから、バンちゃんやアルトのように、そっちに行っているのだろう。文化祭当日は、クラス全員が一時間から二時間は当番に入る決まりになっている。だが、準備は強制しない。一年生の時は、準備に参加しない人がいることでクラス全員で揉《も》めたけれど、揉めるだけ時間の無駄だとわかった。今日一日で終わらせないといけないのだから、できる人だけでドンドン進めた方がいい。

机は後ろに寄せてあり、窓の下に荷物置き場ができている。

そこにカバンを置いて、制服や髪の毛をハンカチではたいてから、ジャージを羽織る。

外が暗いので、窓は鏡のようになって、わたしがうつっている。

窓に近づかなくては、外が見えない。

カバンを踏まないように飛び越えて、窓の前に立つ。

風がぶつかって、微《かす》かに窓が揺れる。

海は黒く染まり、ここからでも白い波しぶきがはっきり見えた。

町が被害に遭ったとしても、学校は高いところにあるから安全だ。

アルトがカバンとジャージと折れた傘を抱えて、バンちゃんとグラウンドを走っていく。

展示は、部室棟ではなくて、南校舎か北校舎のあき教室を借りるはずだ。

この雨では、今日中に展示物を運ぶことはできないだろう。

「おはよう」マーリンが教室に入ってくる。

傘をささずに来たみたいで、ずぶ濡れだった。右手には、丸めたジャージを抱えている。

「いやあ、こんなに濡れるとは」荷物置き場にカバンを置き、ベストを脱ぐ。

「ここで着替えるの？」

「ああ、駄目か」

男子じゃないのだから、周りの目を気にせず、教室や廊下で着替えてはいけない。

「どこで着替えよう」

「トイレじゃない？」

「そうか。行ってくる」

「わたしも、行こう」

教室を出て、トイレに行くと、他のクラスの女子もいた。

個室に入らず、手洗い場の前で着替えている。

「三組、どう？」二組の子が声をかけてくる。

「全然、進んでない」わたしが答える。「そっちは？」

「うちも。今日、早めに帰りたいんだけどな」

今日は、準備が終わったクラスから帰っていいことになっている。昨日のうちに終えたクラスは、休んでもいい。しかし、そんなクラスはないだろう。三年生のどこかのクラスは、黒板に大きく「ボイコット貫徹！」とだけ書き、準備期間から片付けの日まで休むという噂だが、何組かはわからない。去年も同じような話を聞いたので、都市伝説みたいなものではないかと思う。

「台風が来る前には、帰りたいよね」

「すでに危険な感じだけどね」

「電車、止まったりしないかな」マーリンが言う。

「そしたら、学校に泊まり？」一組の子も、話に入ってくる。

「それは、嫌。帰りたい」わたしが言う。

「外の装飾できてないしね」二組の子が言う。「文化祭実行委員は泊まりになるんじゃないの？」

「文化部も、部室棟から展示品運ぶために、泊まるんじゃゃん」四組の子も、話に入ってきた。

着替えながら、みんなで話す。

どのクラスも大変な状況で、お喋《しゃべ》りしている暇なんてないのに、止まらなくなる。文化祭のことから話は逸《そ》れていき、誰と誰が付き合っているらしいという噂話が始まった。そこから更にずれて、海岸沿いに新しくできたカフェのパンケーキがおいしいという話に変わる。次々と違う話題が出てきて、話に参加する人数も増えていく。着替え終えても話しつづけて、トイレの外まで聞こえるだろうと思える大きさの笑い声を上げる。

ホームルームの予鈴が鳴り、全員がわざとらしいくらいに我に返ったかのような顔をする。

「遥、何しにきたの？」マーリンがわたしを見る。

「ああ、トイレ入りたいんだった。ちょっと待ってて」話の輪から抜けて、個室に入る。

用を足して出ていくと、マーリンしかいなくなっていた。

手を洗ってから、教室に戻る。

まだ先生は来ていなかった。

準備は進んでいなくて、みんなは床に直《じか》に座り、お喋りをしている。

バンちゃんやアルトみたいに部室棟に行っている人たちは、戻ってこないだろう。

わたしとマーリンも、座る。

「マーリン、図書委員はいいの？」

「後で、ちょっと顔出す」

図書委員は、古本市をやるらしい。

わたしは保健委員なので、誰かが倒れたりしない限り、文化祭でやることは特にない。

教室に入ってきた山岸先生は、驚いた顔をする。

「進んでないのかよっ！」

笑っている場合ではないのに、そこにいる全員で笑ってしまう。


教室を抜け出し、渡り廊下を通って北校舎へ行き、一階まで下りる。昇降口から出て、雨で濡れないように屋根のある場所を通り、新校舎に入る。

自動販売機でジュースを買おうとしていたら、学食にジャージに着替えたアルトがいるのが見えた。

文化祭の準備期間中は、朝から夜まで、学食は営業している。

アルト以外にも、コロッケを食べたりジュースを飲んだりしている生徒がいるが、いつもだったら二時間目の授業を受けている時間なので、まだすいている。

「何してんの？」ジュースを買わないで学食に入り、アルトに声をかける。

「昼メシ」きしめんをすする。

「早くない？　バンちゃんは？」隣の椅子を引いて、座る。

「朝食ってないんだもん。バンちゃんは、模型作ってる。そっちこそ、マーリンは？」

「図書委員の方に行った。模型、今日中にできそう？」

「夏休みから準備してるからな」

「そっか」

「でも、微妙な感じ。どうせ、この天気じゃ運び出せないし、仕上げは明日だな」

アルトは、窓の外を見る。

雨は降りつづいていて、風も強い。

新校舎の裏の森では、木々が大きく揺れて、まだ緑の葉が空高く飛ばされていく。

「学校に泊まるの？」

「いや、帰るよ。制服、洗濯しないといけないし」

「そうだよね」

「明日は、他校の女子も来るから」

「ん？」

「オレはどうでもいいけど、他校の考古学部の女子のために、バンちゃんは張り切ってる」

「他校と交流あるの？」

「あるよ」かき揚げの上の温泉卵を割る。「一緒に博物館行ったり、史跡を見にいったり」

バンちゃんの好きな人は、うちのクラスにいるのだろうと思っていたけれど、違うのかもしれない。

　中学生の時は、陸上部の大会で他校の生徒と会うことはあっても、学校が全てという感じだった。高校生になると、そうではなくなった。わたしは、中学校で一緒だった友達と会うくらいだ。けれど、人によっては、部活関係やアルバイトや塾以外に、SNSで知り合った相手とも会ったりしているらしい。

「どうでもいいなら、ジャージのままでいいじゃん」

「さすがに、それは、ちょっと。オレ目当ての女子もいるかもしれないし」

「……何、言ってんの？」

「失望させたら悪いじゃん。いつもお洒落《しゃれ》でクールな満井君、で通ってるから」

「ああ、そう」

「バンちゃんよりオレの方が人気あるんだからな」

「へえ、そうなんだあ」

　モヤッとする気持ちをおさえるために、立ち上がり、自動販売機の方へ行く。

　二学期になっても、アルトと川西さんは一学期と同じような感じで、教室で話すことはほとんどない。謹慎にならないと正式に決まった時、川西さんがアルトにお礼を言ったくらいだと思う。なので、夏休み中に二人の仲が進展したということはなさそうだ、と判断した。これで安心と思っていたのに、他校にライバルがいるなんて考えもしなかった。

いや、別にアルトのことが好きなわけじゃない。だから、ライバルなんかではない。そう考えているのに、今日はもう会えないと思っていたから、学食で会えるなんてラッキーと感じている。

アルトが好き、と認めてしまえばいいのかと思うが、それはそれで違う気もする。

オレンジジュースを買い、アルトの隣に戻る。

「クラスの準備、終わりそう？」アルトは、割った温泉卵にかき揚げをからめて食べる。

「どうにかなるんじゃん」

お喋りしながらだけれど、少しずつ進んでいる。

「顔出した方がいいかな？」

「うーん、大丈夫じゃないかな。合唱部やブラバンも練習に行って、戻ってこないし」

「そっか」

「ねえ、たとえばさ、他校の考古学部の女子に告白されたら、付き合うの？」

「はあっ？」どんぶりから顔を上げ、アルトはわたしを見る。

「っていうか、彼女いないよね？」

いつもは、マーリンやバンちゃんがいて、ふざけてばかりいる。核心に触れるような話は聞いたことがなかった。

「今は、いない」

「今はって？　いたことあるの？」

「一年の時は、いたよ」

「誰？　うちの学校？」

「中学の同級生」

「どれくらい付き合ってたの？」

「半年くらい」

「アルトから告白したの？」

「告白っていうか、自然な流れ」指揮をするように、割りばしを振る。「ゴールデンウィークにみんなで会った時に二人で帰ることになって、もう少し話したいからまた会おうって約束して、それから放課後や休みの日に会うようになった。大会近くなって、オレが部活に集中してるうちに、自然消滅って感じ」

「うーん、それは、本当に付き合ってたのかな？　仲のいいお友達じゃないのかな？」

「いや、付き合ってる男女がやるようなことは、やったから」

自分で言って、何を照れているのか、アルトは白くてなめらかな肌を赤く染める。

「どこまで？」

「それは、言えない」

「えっ？　最後までってこと？」

「最後って、なんだよ？」

「最後は、最後でしょ」

「最後までできなかったから、言いたくないんだよ」

「最後の手前までは、やったってこと?」

「手前もやってない」顔を赤くしたまま、つゆを飲む。

「へえ、そうか、そうか」

つまり、半年付き合って、キスしかしなかったのだ。

それだけでも嫌だなと感じるが、気にしないようにする。

わたしはキスもしたことがない。けれど、高校二年生なのだから、キスなんて騒ぐようなことではないのだろう。

「井上は?　彼氏いんの?」

「気になるの?」

「いや、全く。どうせ、いないんだろうし」

「教えません」ストローをさし、オレンジジュースを飲む。

「いないだろ?」

「ああ、そうだ。質問に答えてもらってないじゃん」

「オレの質問、無視するなよ」

「わたしの質問が先だよ。他校の考古学部の女子に告白されたら、付き合うの?」

「付き合わねえよ」

「かわいい子でも?」

「かわいいとか、そういう問題じゃないから」

「どういう問題？」

「他校でもうちの学校でも、好きな相手に告白されたら、付き合う。まあ、その場合は、オレの方から告白すべきなんだろうけど」

「好きな女の子、いるの？」

わたしが聞くと、アルトは眼鏡の奥からわたしの目を見る。

「いる」

「誰？　うちのクラス？」

「教えない」

「……川西さん？」

「違う」そう言いながらも、目を逸らして、さっきよりも顔を赤くする。

どこが、いつもお洒落でクールな満井君なのだろう。

クールでいたいならば、すぐに顔を赤くするクセをどうにかした方がいい。一学期の初めの頃は、騒がしいバンちゃんの横にいてクールそうに見えたが、そのメッキは日に日にはがれつつある。

でも、わたしは、だからアルトが気になるようになった。

メッキが全てはがれるところを見られたら、本気で好きになるのかもしれない。

「部室、戻るな。時間あったら、クラスにも顔出す」アルトは、どんぶりを持って立ち上がり、食器返却口の方へ行く。

「じゃあ、またね」手を振る。

「じゃあな」

わたしに手を振り返し、アルトは学食から出ていく。

眼鏡の奥で、まだ恥ずかしそうにしている。

同じクラスになって、もうすぐ半年が経つが、眼鏡を外したところを見たことがない。


午後になったが、準備は終わっていない。

教室の装飾は一通り完成したので、机を並べたり、必要のない机を運び出したりする力仕事は男子に任せて、女子は家庭科室で食材の下ごしらえを進めていく。

飲食店をやる決まりなのに、教室内は火気厳禁で、冷蔵庫も使えない。家庭科室で白玉を作り、あんこやシロップを保存しておく。明日は、お客さんの流れを見ながら、食材を教室に運ぶ。クーラーボックスはあるけれど、そんなに入らないから、盛り付けのフルーツ専用になる。最低限の条件で、どこまでできるのか、試されている気分になってくる。

二組は喫茶店だから、シフォンケーキやパウンドケーキを今日までに作り、明日はコーヒーや紅茶を淹《い》れるだけでいいようだ。常温保存できるものなので、教室と家庭科室を往復する必要もない。それが一番賢いのかもしれないが、おもしろくないという気もする。五組はかき氷屋にしたため、家庭科室の冷凍庫を氷が占領している。北校舎一階の家庭科室から南校舎三階の教室まで、氷の塊を運ぶのは大変だ。準備が少なくて済むのは良くても、失敗じゃないかと思う。

白玉は明日の朝作るので、今日はあんことシロップを用意する。手伝おうと思っていたのだけれど、料理が得意な女子が中心になっていて、わたしの出番はなさそうだ。

二組の子からもらった抹茶シフォンケーキを食べながら、レモンやショウガの入ったシロップが煮詰まっていくのを見つめる。

あんこも市販のものは使わず、和菓子屋の娘の瀬野《せの》ちゃんを中心にして、小豆《あずき》から作っている。瀬野ちゃんは、卒業後は大学に行かず、家を継ぐらしい。慣れた手つきで、灰汁《あく》をすくっていく。抹茶シフォンケーキにあんこをちょっとつけたらおいしそうだが、できあがるまでもう少し時間がかかるようだ。

マーリンは、図書委員の古本市の準備に行ったまま、戻ってこない。

去年も、マーリンは図書委員だった。

当番の日は面倒くさそうにしているけれど、二年つづけてなるくらいに、楽しいこともあるのだろう。

わたしには他にも友達がいるはずなのに、マーリンもバンちゃんもアルトもいないと、クラスでの居場所がなくなってしまう。一人ぼっちに見えないように、みんなの輪の中に入っているが、寂しくなる。

川西さんは、輪から外れて窓辺に立ち、チョコレートシフォンケーキを食べている。ケーキを両手で持ち、小さな口でリスが木の実を食べるように、少しずつ食べていく。

隠し撮りして、アルトに送ってあげたい。

わたしが男だったとしても、川西さんを好きになると思う。

かわいいし、他の女子みたいに騒がしくない。それなのに、意志は強そうで、気高い感じがする。

でも、好きになったところで、無駄とも思うだろう。

女同士でさえ、話しかけにくい雰囲気がある。

「どうしたの？」川西さんが言う。

ずっと見ていたせいで、目が合ってしまった。

「えっと、それ、チョコ味？」輪を外れて、川西さんの隣へ行く。

二人で並んで立ち、窓の向こうの中庭を見る。

明日は、中庭に焼きそばや焼き鳥やフライドポテトの屋台が並ぶ。外は火を使えるが、生徒だけでは危ないので、運動部の保護者が中心になる。その準備も、明日の朝まで、できないだろう。

雨はお昼頃に少しだけ弱まったが、また強くなってきた。

電車はまだ、動いているらしい。

「井上さんのは、抹茶味？」

「ああ、うん」

「ちょっとあげる」チョコレートシフォンケーキを一口分ちぎる。

「ありがとう。じゃあ、こっちも」抹茶シフォンケーキを一口分ちぎり、交換する。

「おいしいね」川西さんは、笑顔で言う。

「そうだね」

光り輝く笑顔に気持ちの全てを持っていかれてしまい、味がわからない。

遠くから見ていても、我々とは違う生き物なのではないかと感じていた。近づいたら、その思いが強くなった。窓の外の台風も飛んでいきそうなくらい、眩《まぶ》しい笑顔だ。

「井上さん、満井君と仲いいよね」ケーキを食べ終えてから、川西さんが言う。

「アルトと仲いいというか、バンちゃんと仲良くて、アルトがくっついてきてるだけというか」

「竹井君と付き合ってるの？」

「えっ？　誰？」

「バンちゃんって、竹井君でしょ？」

「あっ、そう、竹井君」

バンちゃんは、男子にも女子にも、あだ名で呼ばれている。「竹井君」なんて呼ぶ人は少ないから、苗字《みょうじ》をすっかり忘れていた。

「付き合ってるの？」

「付き合ってないよ。仲いいって、そういうことじゃなくて、友達としてってことね」

「満井君とも、付き合ってないよね？」川西さんは、不安そうにわたしを見る。

「付き合ってないよ」大きめに、首を横に振る。

「そっか」嬉《うれ》しそうにして、微笑む。

「川西さん、アルトが好きなの？」

「違うよ。そういうことじゃなくて」わたしより大きく、首を横に振る。

肩までの髪が、シャンプーのコマーシャルのように軽やかに揺れる。

「いや、いいんだけど」

「本当に、違うよ」川西さんが言う。「わたし、高校を卒業したら、芸能事務所に入ることが決まってるの。だから、恋愛はしない。それだけじゃなくて、満井君は憧《あこが》れっていうか、なんていうか。一学期の終わりに守ってくれて、嬉しかったから。それだけなんだけど、それでも、彼女がいたら、ちょっと嫌だなと思って。けど、井上さんは明るいし、運動神経も良くて、満井君とお似合いだから、井上さんが彼女だったらいいなって」

窓には、わたしと川西さんがうつっている。

しかし、自分の本当の姿は、自分では見えない。

わたしが川西さんに対してコンプレックスを感じるように、川西さんがわたしに対してコンプレックスを感じることもあるのだろうか。

「芸能事務所に入るんだ？」

「うん」小さくうなずく。「夏休み中に決まったの。高校生の間はレッスンだけで、卒業したら芸能活動を始める。十代で活躍している子がたくさんいるから、それじゃ遅いって思ったんだけど、遅くて駄目になるようならば早くてもどうせ駄目だって、事務所の人に言われた。それに、みんなと一緒に卒業したいから」

「でも、それなら、今のうちに恋愛した方が良くない？」

「そうも思うんだよね。けど、わたしは恋愛のことはよくわからないから。もてないし」

「はあっ？」大きな声を上げてしまう。

「えっ？」怯《おび》えたような顔で、川西さんはわたしを見る。

もてるかもてないかで言えば、川西さんはもてない。だが、かわいすぎて近寄りがたいからもてないのであり、川西さんに「好き」と言われたら、どんな男子でも悪い気はしないだろう。

「ごめん、なんでもない。気にしないで」

「わかった。あのね、芸能事務所に入ろうって決めたのも、満井君のおかげなの。満井君がああいう風に言ってくれたから、山岸先生に進路のことをちゃんと相談できるようになって、両親とも話せた。動画配信でアイドルっぽいことができればいいって思ってたけど、それだけじゃ嫌だっていう気持ちに気づけた。事務所の人や両親と相談して、女優を目指すことにしたの。謹慎にもならなかったし、本当に良かった」

「それは、アルトに話した？」

「ううん」下を向き、首を横に振る。

「アルト、気にしてると思う。話した方がいいよ。きっと、喜ぶ」

「うん。そうだよね」恥ずかしそうに、前髪を触る。

芸能人になろうとしているのだから、自分に自信はあるはずだ。それなのに、恋愛のことでは、自信が持てなくなってしまうのだろう。

「何、話してるの？」田村さんがわたしと川西さんの間に入ってくる。

「なんでもない」川西さんは田村さんを見て、微笑む。「お手洗い、行ってくるね」

「いってらっしゃい」

家庭科室から出ていく川西さんの後ろ姿に、わたしと田村さんは手を振る。

「雨、やまないね」田村さんは、中庭の空を見上げる。

「そうだねえ」

「わたし、文化祭が終わったら、転校するの」

「ええっ！」

「声、大きいよ」わたしの顔を見て、笑う。

川西さんの方がかわいいと思うけれど、わたしは田村さんの方が好きだ。

田村さんの笑顔には、全てを包みこんでくれるような優しさがある。ただかわいいと思うより、こういう気持ちの方が恋に近いのかもしれない。

「なんで？　どこに？」

「アメリカに留学する。もともと向こうの大学に行くって決めてたの。アメリカでというか、世界で生きていける人になりたい。日本は大好きだけど、ここにいると、英語も自分の決意も忘れてしまう。少しでも早く行動した方がいいって思った」

「そっかあ。そうなんだ」

「本当は、向こうの新学期に合わせて、夏休み中に行く予定だったんだ。でも、日本での高校生活の最後の思い出が期末テストじゃ、ちょっとね」

よく知っているわけではなくても、田村さんはいつか、日本を離れるのだろうと思っていた。けれど、それがまさか、こんなに早くだとは考えもしなかった。

「井上さんと一緒に帰ったの、楽しかったな」

「えっ？」

「明日は、晴れるよね」

それだけ言い、田村さんはみんなの輪の中へ戻っていく。

田村さんと一緒に帰ったのは、一回だけだ。

夏も梅雨も、まだ来ていない頃だ。

わたしも楽しかったし、また話したいと思った。でも、何を話したのかは、憶《おぼ》えていない。

彼女の心に残るようなことを、わたしは話せたのだろうか。

教室の設営も食材の下ごしらえも終わったところで、マーリンは教室に戻ってきた。下校時間を過ぎていて、外は真っ暗だ。

「タイミング良すぎない？」マーリンに言う。

「図書委員、本当に大変だったんだって。行くんじゃなかった」わざとらしいくらい、疲れ切った顔をする。

しかし、嘘ではないようだ。

ジャージの胸の辺りが汚れている。段ボール箱に入った本を運んだり、力仕事もしたのだろう。

山岸先生が教室に入ってくる。

「おおっ！　すごいな！」驚きの声を上げる。

甘味処なので、和風の装飾にした。予算内で、どれだけのことができるか考え、美術部を中心に黒板アートに挑戦して、千代紙で折った花を飾りつけて、百円ショップで買ってきたテーブルクロスで机を隠した。一日でできるだけのことはやったけれど、「すごいな！」というほどではない。先生も大袈裟《おおげさ》だなあと思うが、みんな喜んでいる。

「いやあ、よくやった！　よくやった！」先生は、拍手する。「今日は、もう帰れ。白玉とか、明日も最終的な準備があるし、ちゃんと休むように。電車は走ってるけど、雨が降って、風も強いから、気をつけること。あと、海には絶対に近寄るな」

「はあい」教室にいる全員で、返事をする。

模型を作り終わらなかったのか、バンちゃんとアルトは、結局一度も教室に来なかった。どうしているのか気になるけれど、部室に行っても、邪魔になるだろう。

「じゃあ、日直」

日直が号令をかけて、帰りのあいさつをする。

「帰ろう」マーリンが言う。

「ジャージで、帰るの？」

「スカートまだ、ちゃんと乾いてないもん。着替えるの、面倒くさいし」

「みんなも、ジャージのままみたいだしね」

雨が強くなってきているので、わたしもジャージの上着を羽織ったまま、帰ることにする。

カバンを持ち、廊下に出て、一階まで下りる。

昇降口から外に出る。

傘をさすか迷うような風が吹いているが、さす。

どこから持ってきたのか、男子は雨合羽《あまガッパ》代わりにごみ袋をかぶって、帰っていく。

「あれ、いいな」

「いいね」

わたしもマーリンも、男子をじっと見る。でも、ごみ袋をかぶっている女子なんていない。やめておいた方がいいだろう。

風向きに合わせて傘を動かしながら歩き、正門から出る。

まだ準備をしているクラスがあり、たくさんの教室に明かりがついている。

夜になり、空は灰色から黒へと変わった。

坂の下に広がる海も真っ暗で、空との境目が見えない。

田村さんは並ぶ水槽から飛び出し、海の向こうへ行く。

その町からも、海が見えるといい。

テーブルに両手をついて頭を下げているバンちゃんのつむじを、マーリンは人差し指で突く。

わたしはマーリンの隣に座って、アルトはバンちゃんの隣に座って、それを見ている。

バンちゃんが頭を上げようとしても、マーリンが正面から押さえこむ。

「マーリンさん、そろそろお許しください」バンちゃんが言う。

「駄目だよ。絶対に許さない」マーリンは指先に力をこめる。

「まあ、まあ」アルトが間に入る。「バンちゃんだって、悪気があったわけじゃないんだし。こうしてパンケーキの約束は守ったんだから」

「アルトは、前から知ってたんでしょ？」怒りの矛先を変えて、マーリンはアルトをにらむ。

指先から力が抜けた隙に、バンちゃんは頭を上げる。

「知ってました」小さな声で言い、アルトは下を向く。

「なんで、今日まで言わなかったの？」

「決まったのが今日だったんです」バンちゃんは、つむじの辺りをなでる。「昨日の夜までは、行けるかどうかわかんない、って言われていました」

「わたしたちと彼女を天秤《てんびん》にかけてたってこと？」わたしも、話に入る。

「まあ、そうなりますねえ」

申し訳なさそうにしながらもニヤニヤしているバンちゃんを、わたしとマーリンはにらむ。アルトは、どっちにつくべきか迷っているみたいで、バンちゃんを見た後にわたしたちを見る。

今日の夜は、四人で花火大会に行くはずだった。

年に二回、夏と秋に開催される。

夏の花火大会は、マーリンがうちに泊まりにきて、わたしの部屋から二人で見た。前の家に遮られてしまうので全部ではないけれど、高く上がる花火はベランダから見える。二学期になり、その時のことをバンちゃんとアルトに話したら、「オレも行きたかった」とバンちゃんが言い出した。花火の上がる音を遠くに聞きながら、二人で部室にこもって資料を読んでいたらしい。男二人だけで花火を見たくないし、抜け駆けはしないと証明するために、そうしたようだ。うちにバンちゃんとアルトを呼んでも良かったのだが、花火大会の日は町内会の手伝いで両親がいない。そこに男の子を呼ぶのは、良くないことのように感じた。

メイン会場から少し離れたところにある海岸沿いの公園は、地元の人しかいないので、すいている。それでも、花火はよく見える。穴場というやつだ。秋の花火大会は、そこで四人で一緒に見ようと約束した。学校が休みの土曜日だから、昼間はパンケーキを食べにいこうということになった。新しくできたカフェに行きたい、と最初に言ったのはバンちゃんだ。混むだろうし並ばないといけないとマーリンが渋っても、どうしても行きたいと言い張った。男だけでは入りにくいお店に、わたしたちがいる時に行きたかったのだろう。

予想通りに混んでいて、一時間以上並んで待ち、やっと入れた。

四人なので、窓際の広い席に案内してもらえた。良かったねと言い合い、メニューを開こうとしたところで、バンちゃんは頭を下げた。

先月の文化祭以降、他校の女子と連絡を取り合っていて、花火大会に行こうと誘いつづけたところ、今日の朝「いいよ」という返事をもらえたので、公園には三人で行ってください、とバンちゃんに言われて、マーリンが切れた。

待ち合わせの駅で会った時からおかしいと感じていた。

昼間はまだ暖かくても、夜は冷えこむ。わたしとマーリンは、グレーのパーカにデニムという防寒を重視した格好で来た。相談したわけでもないのに、双子コーデのようになった。アルトはデニム素材のシャツにベージュのチノパンを穿《は》き、手に白いトレーナーを持っている。眼鏡もかけていて、普段通りという感じだ。それなのに、バンちゃんは買ったばかりとわかる赤いチェックのシャツを着て、くるぶし丈の黒のパンツを穿いている。いつもは、首の辺りが伸びきったTシャツとかサイズが大きすぎるトレーナーとか、古着なのかお兄さんのお下がりなのかわからないような服ばかり着ている。キレイな服を着てくるなんて、何かあるとしか考えられない。

「パンケーキは、バンちゃんが奢《おご》るってことで、許してやってよ」アルトはそう言って、わたしとマーリンを見る。

「……うん」不満そうにしながらもマーリンはうなずいたが、そのまま顔を背けて、窓の外に広がる海を見る。

よく晴れていて、空も海も青い。

空気が澄んでいるからか、水平線がはっきり見える。

マーリンは、はしゃぐバンちゃんに文句ばかり言っていたけれど、今日のことをとても楽しみにしていたのだと思う。

恋人を優先したいと言っている友達を止めることはできない。もしもバンちゃんがわたしたちと花火大会に行くことを選び、それが原因で彼女とうまくいかなくなったら、マーリンはもっと落ちこむだろう。バンちゃんが気分良く彼女のところへ行けるようにしたい気持ちはある。おめでとうとか言ってもわざとらしいけれど、怒るべきではない。それなのに、つまらないと感じてしまう。せめて、こうなるかもしれないということをもっと前から言っておいてほしかった。

「どうする？　何にする？」わたしは、マーリンの前にメニューを開く。「四人だからたくさん頼んで、わければいいよね」

「あの、井上さん、僕はこの後デートなので、そんなにお金を使いたくないんですけど」バンちゃんはお財布を開いて、いくらあるのか確認する。

「夏休みにバイトしてたじゃん」マーリンは、期間限定メニューを見る。

「部室の棚になった」

「ふうん、そうなんだ。アルトは？　何食べたい？」

「パンケーキだけじゃなくて、しょっぱいものもあるといいんだけど」アルトもメニューを開く。

「お前の分は、払わないからな」

「オムレツとかじゃないよな。ポテトかな」わたしたちの味方をすると決めたみたいで、アルトはバンちゃんを無視する。

「ポテトも頼もう」わたしが言う。「四種のベリーのパンケーキは絶対ね。期間限定のマロンクリームとキャラメルソースも食べたい」

「これ、アイスをトッピングしようよ」マーリンが言う。

「飲み物、どうする？」

「アイスティーで」

「オレ、ジンジャーエール」

「わたし、オレンジジュース」

「それも、僕が払うんでしょうか？」力なく言い、バンちゃんは項垂《うなだ》れる。

その姿を見て、マーリンは笑い声を上げる。

結局、全部を奢らせるのは悪いから、飲み物だけは全員の分をバンちゃんに払ってもらい、他は割り勘にした。

レジでお会計を済ませて、四人で外へ出る。

花火大会が始まるまでまだ時間がある。しかし、バンちゃんが彼女との約束に遅れないように早めに行きたいと言うから、わたしたちも出ることにした。打ち上げ会場まで一駅分離れているので、歩いていけばちょうどいいくらいだ。電車は、花火大会に行く人で満員だろう。

「では、僕は、ここで失礼させてもらいます」バンちゃんは、カフェの前で頭を下げる。

「どこで待ち合わせてるの？」わたしが聞く。

「彼女の家の近くまで、迎えにいきます」

「ふうん」マーリンは怒るかと思ったが、笑っている。

「本当に申し訳ありませんでした」

「もういいよ。早く行きなよ」笑顔のまま、マーリンは手を振る。

「じゃあ、お気をつけて」

会場とは逆の方へ去っていくバンちゃんの後ろ姿に、わたしとマーリンとアルトは並んで手を振る。

「あれ、ふられるでしょ」マーリンはそう言って、手を下ろす。

「なんで？」アルトが聞く。

「だって、返事をギリギリまで保留した上に、迎えにこさせるような女とバンちゃんがうまくいくと思う？」

「確かに、うまくいきそうにない感じの相手なんだよな。だからオレは、今日もどうせ断られるって思ってたんだけど」

「言い訳？」

「違う、違う」

三人で話しながら、海岸沿いを歩いていく。

真ん中にいたアルトが車道側に行き、わたしが真ん中になる。

「どういう子なの？」わたしからアルトに聞く。

「お嬢様っていうか、いかにも女子校っていう感じの子。かわいいし性格もいいんだけど、いまいち話が通じない」

「うーん」わたしもマーリンも首をかしげる。

アルトの言いたいことは、なんとなくわかる。しかし、女子に対する評価は男子と女子で違うから、全てを信用しない方がいい。かわいいは正しいとしても、性格がいいかどうかは判断が難しいところだ。とりあえず、バンちゃんに合いそうにないということは、わかった。男子は、自分に合わなくてもかわいい子が好きなのだろう。

「それよりさ、オレ、邪魔じゃない？」

「なんで？」マーリンが聞く。

「井上とマーリン、二人の方がいいんじゃないの？　そしたら、井上の家でゆっくり見れんだろ？」

「……そうだけど」わたしは、マーリンの顔を見る。

マーリンもわたしを見る。立ち止まり、二人で考えてしまう。

わたしは、毎日のようにマーリンと一緒にいるから、二人で花火を見られなくてもいい。女子の誰かに「わたしも入れて」とか言われたら、邪魔と感じるかもしれない。けれど、アルトに対しては、そんな風に感じない。アルトに聞かれなかったら、気にもしなかった。マーリンも同じように考えていると思う。だから、わたしたちとしては、問題ない。

だが、アルトとしてはどうなのだろう。

わたしとマーリンとバンちゃんという三人で、映画を見にいったりすることはたまにあるし、夏休み中は海の家で会っていた。そこにアルトが参加して、四人になることもある。しかし、今いる三人で、学校の外で会ったことはない。休み時間や放課後に三人で話すことはあるけれど、どこかに出かける時にはバンちゃんもいるのが基本だ。

女子二人の中に男子一人というのは気まずいから、アルトは帰りたいのかもしれない。

バンちゃんと違い、アルトは男女の別なく、誰とでも仲良くするタイプではない。教室では、男子とばかり一緒にいる。女子と話すとしても、わたしとマーリンぐらいだ。他の女子と全く話さないわけではないけれど、自分から積極的に声をかけたりはしない。わたしとマーリンが「帰ってもいいよ」と言えば、アルトも気軽に帰れる。

　でも、それは寂しい気がするし、一緒に花火を見られることがわたしは楽しみだった。

　彼女と行くから参加できないと言ったのがアルトだったら、わたしはマーリン以上に怒って落ちこんだだろう。

　アルトは気まずいかもしれないけれど、帰らないでほしい。

「邪魔じゃないよ」マーリンが言う。「そんなこと全然気にしなくていいよ」

「本当に？」不安そうに、アルトはわたしたちを見る。

「一緒に見る約束じゃん」わたしも言う。

「そうだよな」

「それとも、帰りたいの？」

　マーリンに聞かれて、アルトは安心したような笑顔で首を横に振る。

「そういうことじゃない」

　気まずく思っていたわけではなくて、わたしとマーリンに気を遣ってくれただけのようだ。

「早く行こう」マーリンは、先に歩いていく。

わたしとアルトも後を追い、三人で並ぶ。

歩いているうちに陽が傾き、空も海もオレンジ色に染まっていく。

学校帰りに駅や電車の中から見ている景色とそんなに変わらないはずなのに、今日は特別に感じる。何年経っても、こうして三人で一緒に歩いたことを憶《おぼ》えているんじゃないかという気がした。

陽が暮れるのが早いから、花火大会の開催時間も早い。六時に始まって、七時前には終わる。

メイン会場が近づくにつれて、人が多くなってくる。公園に辿《たど》り着くには、この混雑を通り抜けて、会場の向こう側まで行かなくてはいけない。

「遥、あれ」駅前に来たところで、マーリンはわたしの肩を叩《たた》き、改札の辺りを指さす。

「どれ？」

「あれ、谷田部先輩」

「ああっ！」

谷田部先輩が女の子と二人でいた。相手はどこかで見たことがある感じだから、うちの学校の三年生だろう。小柄でかわいらしい人だ。防寒重視のわたしたちとは違い、谷田部先輩も彼女もお洒落《しゃれ》な格好をしている。最近はあまり谷田部先輩のことを追わなくなっていたのに、ショックだ。

「どうした？」アルトがわたしに聞いてくる。

「どうもしない」

「何？　誰かいたの？」

「いないから、気にしないで」

谷田部先輩萌《も》えのことは、バンちゃんにはばれているけれど、アルトは知らないはずだ。マーリンは言ってはいけないことだと察してくれたのか、黙っている。

「なんだよ」

「いいから、早くここを抜けよう。それとも、コンビニ寄る？」

「無理だろ」

駅前のコンビニをのぞくと、レジに長い列ができていた。

夏の花火大会ほどではないが、秋もたくさんの人が来る。

電車が着いたみたいで、駅から人が溢《あふ》れ出てくる。

会場の方へ行く人たちの大きな流れはあるけれど、全員が同じ方向に進むわけではない。待ち合わせのために立ち止まる人もいる。流れに従って歩いていても、逆らおうとする人に押される。混むとわかっていたのだから、裏の通りから行けばよかった。後悔したところで、ここから抜け出せそうにない。

どうしようか考えていたら、マーリンが人波にさらわれるようにして、ずっと先まで行ってしまった。

なった。

「マーリン！」

「遥！」

わたしを呼ぶ声は聞こえたのに、人の中に埋もれてしまい、マーリンの姿が見えなくなった。

追いかけようとしたわたしの手首をアルトがつかむ。

「危ない」アルトが言う。「もう少し行けば、人がばらけて、歩きやすくなるだろ。きっと、マーリンはそこで待ってるよ」

「そうだね」

「行こう」手首から手をはなして、そのままつなぐ。

「……えっ？」

「オレと井上まで離れたら、面倒くさいだろ」

「ああ、そうだけど」

アルトは子供の頃にロンドンに住んでいたからか、他の男子と違うと感じることがたまにある。レディーファーストみたいな動きが自然とできる。こういう状況で、手をつなぐくらいなんでもないのだろう。

そう思っても、すごく恥ずかしい。

冴《さ》えない感じなのに、手はちゃんと男の人だ。

女の子の手とは、大きさも指の太さも違い、力強い。

空は暗くなり、冷たい風が吹いているのに、顔も手も熱くなってくる。

でも、振りほどいたら、意識していることがばれてしまう。

手をつないだまま、アルトの耳の後ろ辺りを見上げ、黙って歩く。


公園まで来ても、マーリンとは会えなかった。

メッセージを送っても返信がないし、電話にも出ない。

「出ない？」アルトが聞いてくる。

「スマホ、持ってないのかもしれない」

マーリンはたまにスマホを家に忘れる。

「カフェで、写真撮ってたじゃん」

「ああ、そっか」

テーブルに並んだパンケーキをみんなで写真に撮った。カフェに忘れたか、充電が切れているのだろう。

「戻る？」

「どうしよう」

「ここで待ってた方がいいんじゃない？」

「そうだよね」

花火の打ち上げが始まるまで、あと十五分くらいしかない。

さがしに戻って、行き違いになったりしたら、三人とも花火を見られなくなる。海岸沿いにはいくつか公園があるけれど、ここだということをマーリンはわかっているはずだ。穴場としてネットか何かに載ったのか、思ったよりも多くの人がいた。それでも、メイン会場の辺りのように身動きできないほどではない。ベンチに座ったり、芝生にレジャーシートを敷いたりして、ゆったり見られる。動かないでここにいた方がいい。

「向こうに座ろう」アルトは、奥のあいているベンチを指さす。

「うん」

ベンチに並んで座る。

もう一度マーリンに電話をかけてみるが、出ない。公園にいるというメッセージと一緒に地図を送っておく。

「泣くなよ」のぞきこむようにして、アルトはわたしを見る。

「なんで？　泣かないよ」

「泣きそうな顔してるから」

「だって、心配だもん」

空は暗くなっているが、少し離れたところに街灯があるので、表情はわかる。それでも、薄暗いからか、アルトがいつもの三割増しくらいで、かっこ良く見えた。手は、公園に着くまでつないだままだった。マーリンに電話をかける時、カバンからスマホを出すために、わたしからはなした。もう一度つなぎたいと思っても、無理だろう。

友達とはぐれてしまったという状況で、そんなことを考えている場合じゃないのに、隣に座っていることにドキドキしてしまう。

気になっている男の子と花火大会に二人で来る、そんなことがわたしの人生に起こるなんて思ってもみなかった。本来は、マーリンとバンちゃんがいるはずだったのだけれど、今は二人だ。もっとかわいい服を着てくればよかった。

「ここから、どっちに花火見えるの？」アルトは、海の方を見る。

芝生の先に生け垣があり、その向こうは砂浜になっていて、そこに座っている人もいる。

「あっち。斜めから見る感じ」

「ふうん」

「打ち上げ花火は問題なく見られるよ。スマイルマークとかハート形とか、ちょっと見にくいものもあるけど」

「前にもここで見たことあんの？」

「あるよ。中三の時」

「男と？」

「違うよ」

「だろうな」海の方を見たままで、笑う。

中学校三年生の時は、陸上部で一緒だった友達みんなとここに来た。女子ばかりで、高校生になったら彼氏と来たりしたい、と話した。二年前なのだけれど、もっと前のことに思える。身長も体重もそんなに変わっていないのに、思い出の中のわたしは今よりずっと子供だ。まだマーリンとは部活の大会で会うだけの顔見知り程度で、バンちゃんともアルトとも出会っていなかった。走ることだけが人生の全てのように感じていた。そんな日々があったなんて、信じられない。

あの時一緒だった友達は、今日はここに来ていないのだろうか。わたし以外の誰かも、男の子と来ているかもしれない。会ったら気まずいから、こっそり見たい。

しかし、逆も考えられる。駅で、わたしとマーリンが谷田部先輩を見ていたように、誰かがわたしとアルトを見ていたかもしれない。手をつないでいるところをクラスの誰かに見られていたら、噂される。月曜日を待たずに、噂は広まるだろう。

「マズいよ」アルトのシャツの袖《そで》を引っ張る。

「どうした？　急に」

「わたしたち、月曜日には付き合ってるよ」

「はあっ？」

「二人でいるところを見られたら、噂される」

「ああ、そういうことな。まあ、いいんじゃないの？」

「良くないよ」

「付き合ってないんだから、噂なんてすぐに消えるだろ。それとも、その噂を聞かれたら困る相手とかいんの？」

「……いない」袖から手をはなす。

川西さんに聞かれたら困るかもしれない。

文化祭の準備中、川西さんからアルトとのことを聞かれて、わたしは否定した。それなのに、二人で花火を見たことが伝わったら、嘘をついたみたいだ。アルトは川西さんが好きで、川西さんだってアルトを気にしている。そんな時にわたしとアルトが噂になれば、二人の仲を邪魔することになる。それでいいじゃん！　うまくいかない方がいいもん！　と思ってしまうが、ズルい気がする。

でも、正々堂々と川西さんと戦っても、勝てないだろう。

見た目というハンデがあるのだから、少しくらいズルしてもいいのではないだろうか。

いや、そもそも、そういうことではない。わたしと川西さんがアルトを奪い合うなんて、そんな話ではなかったはずだ。それでは、アルトが少女漫画に出てくるイケメン男子高校生のようになる。三割増しで見たって、そこまでかっこいいわけではない。

わたしとアルトなんていう組み合わせは、噂になったところで、大きな騒ぎにはならないだろう。もし噂になった時には、ちゃんと否定すればいいだけのことだ。

そう考えて空を見上げたら、飛行機が飛んでいた。

どこへ行くのだろう。

飛行機を見ると、田村さんを思い出す。

文化祭の片づけを終えた後、田村さんはみんなの前であいさつをした。その翌日には、アメリカへ向かった。二週間が経った頃、クラス全員宛てに手紙が届き、山岸先生がホームルームの時に読んでくれた。生活は順調で、元気に暮らしているようだ。

「アルトは、海外で暮らしたいとか思わないの？」

「また急に話が飛んだな」

「飛行機が飛んでるから」空を指さす。

「ああ」アルトも空を見上げる。

星の間を、航空灯をつけた飛行機が通り過ぎていく。

「英語、忘れないようにしてるんでしょ？」

「それは、父親の仕事の都合でいつ海外に行くことになっても平気なようにしていただけで、オレ自身の意思って感じではないな。父親だけじゃなくて母親からも、絶対に忘れないように英語の勉強をつづけなさいって言われてたし」

「ふうん」

「でも、もうその可能性もないな」

「なんで？」

「これから先、父親が転勤になっても、オレはついていかない。両親だけで行くか、単身赴任か。高校卒業するまで、オレ一人でも生活できる。ロンドンとか海外だったら、また行きたいって考えてた。でも、学校楽しいし、転校しないで、卒業まで通いたいっていう気持ちの方が今は強い。日本で勉強したいこともある。だから、今は大学受験のために英語を忘れないようにしてるっていうだけ」

「何を勉強したいの？」

「部活でやってるようなことをもっと専門的に勉強したい。その後で、海外の大学に行きたくなることはあるかもしれないけど」

「ちゃんと考えてるんだねえ」

「井上は？　考えてないの？」

「うーん」

今月の初めに、進路希望の調査表が配られた。ちょっとがんばれば入れそうな私立大学をいくつか書いて、提出した。来年は、希望に合わせて、クラスが編成される。どこの大学に行くかより、三年生でもマーリンやバンちゃんやアルトと同じクラスになれることの方が重要な気がした。でも、マーリンやバンちゃんは大丈夫だとしても、アルトとは別のクラスになるだろう。進学を希望している生徒のうち、成績優秀者は一組に集められる。アルトは、その中に入ると思う。

「まだいいんじゃないの？　オレだって、考えていても、決めたわけじゃないよ」

「……うん」

「悩んでるなら、聞くけど」

「大丈夫」首を横に振る。「ありがとう」

悩んではいるけれど、うまく言葉にできそうになかった。

進路のことも、アルトのことも、全てが曖昧《あいまい》ですっきりしない。

「マーリン、どうしたんだろう？」わたしは、スマホを確認する。

電話の着信もないし、メッセージも届いていない。バンちゃんから〈電車が混みすぎて、乗れない〉というメッセージが届いていた。彼女は会場まで歩いてくれなかったのだろう。花火が始まる前に、二人の仲は終わるのかもしれない。

「連絡ない？」

「バンちゃんだけ」スマホをアルトに見せる。

「今日中に別れそうだな、これは」

「うん」

「オレ、バンちゃんはマーリンと付き合うと思ってた」

「それは、ないよ」

「そうかな？」

「だって、バンちゃん、マーリンが好きなの？」

「今はそうじゃなくても、かわいい子にふられつづけて、最終的にマーリンに落ち着くんじゃないかって」

「マーリンだって、かわいいよ」

「かわいくないとは言ってねえよ。でも、マーリンも井上も、そういう対象ではないっていうか。見た目のいい悪いで判断できる相手じゃないから」

「そうだね」

わたしとマーリンから見た、アルトとバンちゃんと同じ感じなのだろう。

「それに、マーリンはバンちゃんが好きだから、ショックだったんじゃないの？　一人で先に帰って、泣いてるのかもよ」

「えっ？」

「なんか、聞いてない？」

「そういうこと、話さないから」

「二人で、何を話してんの？」

「漫画のこととか、新作のお菓子のこととか」

「そっか」何がおかしいのか、アルトは笑う。

わたしがアルトへの気持ちを隠しているように、マーリンもバンちゃんへの気持ちを隠していたのだろうか。そんな可能性、考えたこともなかった。マーリンとバンちゃんは、けんかみたいなやり取りをしつつも、仲がいい。男女でも友達、としか思わなかった。もしもマーリンがショックを受けて、一人で先に帰ったのならば、わたしはどうしたらいいのだろう。

「わたし、マーリンの家に行く」

「やめとけよ」

「……だって」

「今まで話さなかったのは、言いたくない理由があるからだろ。オレの推測が間違ってるかもしれないし。それに、井上がマーリンの家に行って、オレがここに残って、マーリンが来たらどうすんの？」

「そうだね。なんか、ややこしくなるね」

今日はここで、花火を見た方がいい。

マーリンが来れば、それでいいんだ。もしも会えなかったら、終わってからまた電話してみよう。

もうすぐ打ち上げが始まるみたいで、メイン会場の方からアナウンスが聞こえた。

「寒くなってきたな」アルトは眼鏡を外して膝《ひざ》の上に置き、持っていたトレーナーを着る。

「うわっ！」

「何？」

「眼鏡、外してるところ初めて見た」

「そんなことないだろ」また笑っている。

アルトはたまに、わたしやマーリンをバカにしたようにして、笑う。そんな風にされたらムカつくはずなのに、その笑顔を見ると、安心する。

この人は、わたしの駄目なところをおもしろがって、受け入れてくれるのだと感じられる。

「そんなことあるよ。学校で外さないじゃん」

「外すって」

「見たことないもん。ちゃんと顔見せてよ」

「なんでだよ」笑いながら、トレーナーの裾《すそ》で眼鏡を拭《ふ》く。

「違う人みたい」

「そんなに変わんないだろ」

「変わるよ」

眼鏡を外したままのアルトの顔を見る。

意外とキレイな顔だ。まつ毛が長くて、澄んだ目をしている。眼鏡をかけていない方が大人っぽく見えた。

アルトがわたしの目を見て、見つめ合っているみたいになる。

目を逸《そ》らそうとしても、動けない。

眼鏡を持っていない方の手で、アルトはわたしの腕をつかむ。

顔が近づいてきて、唇が重なる。

最初の花火は、音が聞こえただけだ。

「……何、今の?」唇が離れてから、アルトに聞く。

何も言わずにアルトは、わたしの腕から手をはなして正面を向き、眼鏡をかけ直す。

赤やピンクの花火がつづけて上がり、わたしとアルトを照らす。

「何、今の？」もう一度聞く。

「……ふいんき」

「ふいんき？」

「あれ？　ふいんき？　ふんいき？」アルトは隣にいるわたしの方を見ずに、正面を向いたままで言う。

「どっちでもいいよ」

「うーん」うなりながら、下を向く。

「ふいんきって、何？」

「いや、なんか、井上とは、前にもこういうことあった気がして」

「いつ？」

「雨降った日に学校サボって、お寺に紫陽花《あじさい》を見にいった時」

「こういうことって？　どういうこと？」

「キスしちゃってもいいんじゃないかって感じがして」

「良くないよ。キスしちゃっていいわけないじゃん」

「そうだよなあ」

「そうだよ」

「……ごめんなさい」下を向いたまま、アルトは言う。
謝るのではなくて、もっと違うことを言ってほしかった。
わたしのことが好きだと言ってくれれば、それで許せる。
でも、そういう「ふいんき」だからキスしたのであって、相手はわたしではなくても
よかったのだろう。はぐれたのがわたしだったら、アルトはマーリンと手をつないで、
マーリンとキスをした。
アルトは下を向いたままで何も言わず、わたしも黙りこむ。
花火が上がりつづける音と周りにいる人たちの歓声が聞こえる。
「帰る」わたしは、ベンチから立ち上がる。
「待って」アルトは顔を上げて、わたしの腕をつかむ。
「はなしてっ！」手を振り払い、そのまま駆け出す。
人と人の間を抜けて、公園の外に出て、国道を渡り、裏の道を走っていく。
誰かに「遥！」と呼ばれた気がして、振り返ったけれど、そこには誰もいなかった。
夜道がどこまでもつづいていた。
もし誰かいたとしても、アルトが追ってきてくれたわけではない。
アルトは、わたしのことを「遥」とは呼ばない。
友達でしかないから、他の男子と同じように、「井上」と呼ぶ。
家に着き、鍵《かぎ》を開けて、中に入る。

お母さんもお父さんも帰ってきていなくて、家中が真っ暗だ。
電気をつけず、暗いままの玄関にしゃがみこむと、涙が溢れた。
悲しいのか、苦しいのかもわからず、声を上げて泣く。
外から、花火の上がる音が聞こえる。
唇にはまだ、アルトの唇の感触が残っていた。
手の甲で唇を拭《ぬぐ》う。

明日、わたしは十七歳になる。

生まれて初めて飛行機に乗った。

慣れているみたいな顔で、冷静にしていようと思ったのに、窓の外に広がる景色から目が離せない。

雲の切れ間から、町や山並みが見渡せる。

一時間くらい前には、白く染まった富士山《ふじさん》のすぐ近くを飛んだ。

海の上を飛ぶと、飛行機の影が水面に映る。

「もうすぐ着くよね？」隣に座るマーリンに聞く。

「あと、十五分くらいじゃない」

「やっぱり、そうだよね」

徐々に降下しているのか、町が近づき、海に浮かぶ白い船がはっきり見えるようになってきた。

「楽しい？」

「うん」マーリンを見てうなずき、また窓の外を向く。

今日から三泊四日の修学旅行で、九州をまわる。

ハワイやニュージーランドに行く学校もあるので、私立なのに海外じゃないのか、と少しだけ残念に感じたけれど、わたしには国内で充分だ。飛行機に乗れただけでも、満足できている。初飛行機で初海外は、ハードルが高すぎる。

マーリンは、お母さんの方のおじいちゃんとおばあちゃんが北海道に住んでいるから、何度も飛行機に乗ったことがあり、窓側の席を譲ってくれた。

クラスには、わたしと同じように初飛行機という生徒が何人かいるが、ごく少数だ。はしゃいでいる人なんて他にいないと思ったのだけれど、二列前の席で、バンちゃんが大騒ぎしている。空港では男子たちが「飛行機乗る前に、靴脱ぐんだからな」と言い、バンちゃんをからかっていた。真に受けているのを見て、アルトは黙って笑っていた。

アルトはバンちゃんと離れて、通路を挟んでマーリンの向こう側の席に座り、離陸前からずっと眠っている。ロンドンに住んでいたのだから、飛行機なんて珍しくもなんともないのだろう。海外旅行にだって、何度も行ってそうだ。マーリンの方を見るたびに、眼鏡を外した寝顔が視界に入り、叩《たた》き飛ばしたくなった。背を向けて、窓の外を眺めていても、そこにアルトがいることを感じてしまう。

町から延びた長い橋の先、海の上に空港が浮かんでいる。

港や造船所のある海だ。

海岸線は入り組んでいる。リアス式海岸というやつだろう。

どこまでも砂浜がつづく学校やうちの辺りとは、全然違う景色が広がっている。

飛行機は、海の上を旋回した後で、滑走路へ向かう。


学校までの坂道を何度上ってもキツいと感じていたが、ここはそれ以上の坂の町だ。

空港からバスに乗り、中華街でお昼ごはんを食べて、またバスに乗り、教会やかつて外国人が住んでいた家の残る辺りに来た。バスを降りてから急な坂を上ってきたのに、更に先まで坂がつづいている。それぞれの家の庭から、海が見渡せる。

海は、三方向を山に囲まれている。飛行機から見た時以上に、うちの辺りとは違うのだと感じた。陸をつなぐ橋に遮られて、水平線は見えない。すぐそばに見える対岸にも、こちらと同じような坂の町が広がっている。どうやって行けばいいのだろうと思えるくらい高いところまで、密集して家が建っている。

風が海から山の上に向かい、通り抜けていく。

「髪、結んだ方が良くない?」マーリンが聞いてくる。

「後でトイレに行って、結ぶ」

髪を結ぶと、飛行機やバスで背もたれに寄りかかりにくくなる。結び目のゴムが首にあたり、ほどけてしまう。そう思って、下ろしたままにしていたが、風向きに合わせて、舞うようにして髪が広がっていく。邪魔にしかならないし、できるだけキレイに写真に写りたいから、ちゃんとセットして結んだ方が良さそうだ。

「結んであげようか？」

「いいよ。マーリン、変な髪形にするじゃん」

手先が器用というほどではないが、マーリンは何かを作るのが好きなのだろう。前に学校で結んでもらった時には、編み込みを何本も作り、レゲエでもやる人みたいな髪形にされた。

「だって、こんなに長くてキレイなんだから、色々と試したいじゃん」

「自分の髪でやりなよ」

「わたしは、髪質的に、遥みたいに長く伸ばせないよ。肩までが限界」

「そんなことないでしょ？」

「そんなことあるんだよ。軽いくせ毛だから、今の長さでも、セットするのは大変だか
らね。雨降ると、広がるし」

「ふうん」

マーリンの髪は、ほんの少しだけ茶色くて、柔らかそうにフワッと膨らんでいる。わ
たしの髪は真っ黒でまっすぐなので、マーリンみたいな髪の方がいいと思っていた。

「小学生の時からずっと長いまま？」

「もっと前からずっと。幼稚園の入園式の写真でも、同じ髪形してる。短くしても、肩
甲骨の下くらいまで」

「どこまで伸ばせるか試してみなよ」

「これ以上は無理だよ。伸ばせるんだろうけど、乾かすのも結ぶのも大変になるから」

「乾かすのは大変そうだね」

「三十分くらいかかるもん」

九州まで来て、歴史的建造物を目の前にしているのに、学校にいる時と変わらない会話をしてしまう。

バスガイドのお姉さんではなくて、ガイドのおじさんが一緒に回っている。建物の歴史やそこに住んでいた人たちの暮らしを説明してくれるが、よくわからなかった。

バンちゃんとアルトは、さすが考古学部という感じで、おじさんに質問をして、楽しそうに家の中や庭を見て回り、写真を撮りまくっている。撮った写真を見せ合い、観光に来たカップルよりも、イチャイチャとくっつく。どんな写真を撮ったのか聞きたいけれど、バンちゃんともアルトとも、先月の花火大会から一ヵ月近く口をきいていない。

公園でアルトにキスされて、逃げるように家に帰った。玄関でしばらく泣き、お母さんとお父さんが帰ってくるよりも前に、二階の自分の部屋に上がった。

スマホを見ると、マーリンから〈家に行っていい?〉というメッセージが届いていた。返信せず、ベッドに入った。眠って忘れてしまいたいと思っても、眠れない。帰ってきたお母さんが部屋に様子を見にきた時には、「頭が痛いから、もう寝る」と言った。そのまま、ベッドの中で丸くなっているうちに夜は過ぎて、外が明るくなっていった。もうすぐ朝になると思いながら、少しだけ眠った。

お昼前になって、アルトから〈ごめんなさい〉とだけ書かれたメッセージが届いた。〈アルトのことが気になっていたからショックだった〉と正直な気持ちを伝えようかと思ったが、打ちこんだ後で消した。〈気にしないで〉と返せば、嘘になる。どうしたらいいか決められなくて、スマホを見つめていた。友達から誕生日のお祝いのメッセージが届いても、返す気になれなかった。文化祭の時、アルトは好きな女の子には「オレの方から告白すべきなんだろうけど」と、話していた。キスしたのに、告白してくれないのは、わたしのことが好きではないからだ。夜になり、マーリンに〈昨日は、返信しなくて、ごめん〉とだけ返し、お風呂《ふろ》に入ってから眠った。

月曜日、わたしが本気で学校に行きたくないと考えていることが、お母さんにもお父さんにもわかったのだろう。いつもみたいに、サボらせてくれなかった。サボれたとしても、いつまでも休みつづけられるわけではない。憂鬱《ゆううつ》な気持ちを引きずりながらも、覚悟して、学校へ行った。教室に入ると、バンちゃんとマーリンがガチでけんかしている、という噂が広まっていた。

いつものように、冗談で言い合いをしていたのが本気になって、マーリンが切れた。バンちゃんも強情なところがあるから、マーリンに謝らない。アルトがなだめても、バンちゃんから折れる気はないみたいだ。遥とアルトは、けんかに巻きこまれている。

土曜日の夜から月曜日の朝までに、そういう噂がスマホのメッセージやそれぞれのお喋《しゃべ》りの中で、伝言ゲームのように広まっていったようだ。伝言ゲームを遡《さかのぼ》りながら調査していくと、花火大会が終わった後の公園で、マーリンとバンちゃんが言い合いをしているところが目撃されたということだった。アルトは、困った顔で二人を見ていたらしい。

何が起きたのか全くわからず、マーリンに「どうしたの？」と聞くと、「あいつら、絶対に許さない！」とだけ言って怒っていた。それ以上何も聞かない方がいい気がしたから、聞けないままでいる。

マーリンは、アルトがわたしにキスしたことを知っているのだろう。

誰にも知られたくないと思う中でも、特にマーリンにだけは知られたくなかった。しかし、ばれてしまったのだから、わたしから話さなくてはいけないことだ。そう思いながらも、何もなかったかのようにして過ごしている。マーリンは、キツいことを言う時もあるが、優しい。花火大会の後からは、いつも以上に優しくしてくれる。話したくないことならば、聞かない方がいいと考えて待ってくれているのだろう。バンちゃんだって、女の子相手に本気で怒ったりするはずがない。二人に悪いことをしていると思うけれど、わたしからアルトに話しかけても、気まずさが残る。それとも、大袈裟《おおげさ》に考えるようなことではなくて、前みたいに自然に話せばいいのだろうか。わたしにとっては初めてのキスでも、アルトにとってはそうではない。

捻《ね》じ曲がっているとしか思えない噂が広まっているため、わたしとアルトが話さないことをおかしいとは、誰も思っていないようだ。アルトからは〈ごめんなさい〉以降、メッセージも送られてこないし、話しかけられることもなかった。このまま、アルトが何か言ってきてくれるのを待っていたら、ずっと話せないままかもしれない。修学旅行が終われば、期末試験があり、すぐに冬休みになる。それまでには、どうにかしたい。

どれだけ待ったところで、わたしの期待しているような言葉は聞けないのだから、ただの友達に戻った方がいい。

港に泊まっている船が汽笛を鳴らす。

アルトは、スマホから顔を上げて、海の方を見る。

わたしはアルトを見ていたから、目が合った。

話しかけてほしいと思いながら、わたしは目を逸《そ》らしてしまう。


陽が沈み、坂の上までつづく町に、明かりが灯《とも》っていく。

山の上にある展望台からは、「世界新三大夜景」と呼ばれる景色が一望できる。こんなところに修学旅行生が来たら、カップルに鬱陶《うっとう》しがられるのではないかと思ったが、団体旅行のおばちゃんやおじさんと海外から来た観光客ばかりだった。カップルはもっと遅い時間、夜が深まった頃に来るのだろう。住宅街の明かりが夜景を作り上げているので、白く穏やかな光が広がっている。

一日中ずっと高いところにいて、海を見下ろしている気がする。この町がそういう造りになっているからだ。バスで移動する間も、道の先には常に海が見えた。

「トイレ行ってくるけど、ここにいる？」マーリンが言う。

「うん。もう少し見たい」

「戻ってくるね」

「先にバスに乗っててもいいよ」

「じゃあ、そうするかも」

「後でね」

展望台の建物の中に入っていくマーリンに手を振る。

建物は全面ガラス張りになっていて、中からでも、夜景を見渡すことができる。高いところだから風が強いし、夜になって寒くなってきたから、屋上まで出てきている人は少ない。

そして、告白するには絶好のタイミングなので、展望台の周りにある公園に行った生徒もいるようだ。今日中に告白して、明日の午前中の自由行動を一緒にまわる。それが修学旅行の最大の目標と言ってもいいくらいだ。誰か告白してきてくれないか、少しだけ期待してしまう。でも、告白されたとしても、断るだろう。

気になるという程度で、そこまでアルトのことが好きではなかったはずなのに、他の誰のことも考えられなくなっている。けれど、好きということではない気もする。ああいうことがあったから、前以上に気になってしまっているだけだ。キスされた直後は、もう二度と顔も見たくないと感じていた。

「あの、井上さん、ちょっといい？」後ろから男子に声をかけられる。

知らない声だし、誰だろうと思って振り返ったら、バンちゃんだった。下を向き、声色を変えたようだ。

「何？」

「ビックリした？」笑いながら言い、バンちゃんはわたしの隣に立つ。

「してない」

「嘘だ。ちょっと期待しただろ？」

「してないよ。それより、何？」

「なんで、昔の女学生みたいな髪形になってんの？」

「マーリンにやられたの」

バスの背もたれにあたってもいいように、耳の下辺りで二つに結んだ。移動中に、マーリンによって三つ編みにされた。

「ふうん。似合ってるじゃん」

「バカにしてんでしょ？」

「してねえよ。せっかく長くてキレイな髪なんだから、下ろしてるだけじゃもったいないって」

「おだてても、何も出ませんよ」

「おだててるんじゃなくて、本心」バンちゃんは、わたしの目を見て言う。

「ああ、そう」わたしもバンちゃんの目を見る。

隣にいて見つめ合っても、相手がバンちゃんならば、何も感じない。

「マーリンは？」

「トイレ行った。そのまま、バスに戻るんじゃないかな」

「そっか。アルトがどこに行ったか、教えようか？」

「いいよ」

「あいつも、トイレ行って、そのままバスに戻るって」

「いいって、言ってんじゃん」

「気になるくせに」

「気にならないよ」

「トイレ出たところかバスで、アルトとマーリンが鉢合わせして、けんかしてるかもな」

「えっ？」

「そもそも、けんかしたのは、オレとマーリンじゃなくて、アルトとマーリンだから」

バンちゃんは前を見て、両腕を外に出し、柵《さく》にもたれかかる。わたしも柵に手をかけ、正面に広がる夜景を眺めながら話す。

「……そうだろうなとは、思ってたけど」

「花火大会の後、大変だったんだからな」

「何があったの？」

「マーリンに聞いてない？」

「触れてはいけない話みたいになってるから」

「オレとアルトも、花火大会の帰りに少し話したくらいだけど」

「うん」

「あの日、オレは彼女と会ってたじゃん」

「彼女？　まだ付き合ってんの？」

「正確には彼女じゃないし、付き合ってもない。というか、電車が混んでいて花火の打ち上げが始まるまでに会場に辿《たど》り着けなくて、やっと着いたと思ったら人が多すぎてよく見えなくて、段取りの悪さに向こうが機嫌悪くなって、花火の終了と共に、オレと彼女の関係も終わった」

「そうなんだ」予想した通りだ。

「オレの話はいいんだよ。あの日、本当は花火が終わった後で、井上の誕生日祝いをやろうっていう話になってたんだよ。サプライズ的に」

「そうだったの？」

「だから、マーリンも、オレが他の女の子と会うことを、あんなに怒ったんだろうな。次の日が遥の誕生日だから、って嬉《うれ》しそうに何度も話してた」

「……マーリン」

　せっかくわたしのことを考えてくれたのに、マーリンに寂しい思いをさせてしまった。

花火大会の次の日、お母さんとお父さんが用意してくれたご馳走《ちそう》やケーキも、わたしは食べられなかった。二人とも、心配そうな顔で、わたしを見ていた。

「オレだって、悪いと思ったよ。でも、好きな女の子を選んでしまったんだよ」

「それは、いいよ。わたしは、気にしてないから」

「誕生日祝いだけでも参加しようと思って、オレは公園に行ったの。そしたら、何も言わないアルトをマーリンが問い詰めてた。何があったのかオレから聞いたら、アルトがやっと白状して、マーリンがぶち切れた。オレも、なんでそんなことしたんだよっ！とは思ったよ。相手が他の男だったら、殴り飛ばしたいくらいだった」

「うん」

「でも、アルトだから。オレは、どんなことがあっても、アルトの味方をする」

「わたしやマーリンが傷ついても？」横を向き、バンちゃんを見る。

バンちゃんはわたしを見て大きくうなずいてから、また前を向く。

「オレ、中学二年になるまで、友達いなかったんだよ」

「えっ？」

「運動苦手だし、友達と趣味合わないし。じいちゃんや兄ちゃんと歴史のことを話してる方が楽しかった。いじめられてたとかではないよ」

バンちゃんは、一年の時から今みたいに明るくて、クラスの誰とでも仲良くしていた。子供の頃からずっとそうだったのだろうと思っていたけれど、違ったんだ。

「中二の時にアルトが転校してきて、休み時間に時代小説読んでたら、話しかけてくれた。それで仲良くなった。二人で話してると、他の奴らも声かけてくるようになって、友達が増えていった。オレが好きに喋って、周りにイジられても、アルトがフォローしてくれる。あいつが転校してきてくれたおかげで、オレの人生は変わった」

「転校生だったの？」

「オレの話より、そこに興味持つのかよ？」

「いや、うーん、そうだね」前を向き、わたしも柵にもたれかかる。

「東京から引っ越してきたんだよ。子供の頃はロンドンに住んでて英語喋れて、お坊ちゃんって感じで、ちょっと距離置かれてた。アルトも、オレと仲良くなったことで、友達が増えた」

「ふうん」

アルトにもバンちゃんにも、わたしの知らない過去がまだまだあるのだろう。

「井上は、アルトのこと、どう思ってんだよ？」

「待って。話が途中だったじゃん。何があったのか、アルトが話して、その後どうなったの？」

「井上の味方のマーリンがアルトを徹底的に責めて、アルトの味方のオレがそれをかばって、マーリンとオレがマジでけんかした」

「そっかあ、そうなんだ」

「そう」

「アルト、公園にいたんだ」

「なぜ、そこ？」

「追いかけてきてくれなかったんだ、と思って」わたしは、考えていることを正直に話す。

「追いかけたらしいよ」

「そうなの？」

「追いかけたけど見失って、井上をさがしてたら、駅前でマーリンと会ったんだって。マーリンは二人とはぐれた後で、スマホ落として、駅の方に戻ってたらしい。アルトは、井上がどこに行ったのか聞かれても言えなくて、マーリンに問い詰められながら歩くうちに、また公園に着いた」

「そうだったんだ」

どうしてマーリンが電話に出なくて、返信をくれなかったのかも、確認していなかった。

「っていうかさ、追いかけてほしかったら、追いつける速さで走れよ。アルトだって、運動は得意じゃないんだよ。すごい速さで、花火を見てる人の間を駆け抜けてったんだろ？」

「だって、あの時は必死だったから」

「そんなに、嫌だったのか？」バンちゃんは、わたしを見る。

「うーん」

「アルトのこと、好きじゃないのか？　ナントカ先輩が好きなのか？」

「ナントカ先輩？」わたしも、バンちゃんを見る。

「夏休みに言ってたじゃん」

「ああ、谷田部先輩ね」

「花火大会の時も、駅の辺りで見かけて、マーリンと騒いでたんだろ？」

「どうして知ってるの？　マーリンに聞いたの？」

「マーリンが怒ったまま帰った後で、アルトから聞いた。井上が他の男を見て騒いでたのが嫌だったんだって」

「なんで？」

あの時、アルトは聞こえていないような顔をしていたけれど、わたしとマーリンが何を話していたか、わかっていたんだ。

「それは、オレからは言えない。でも、井上は他に好きな男がいるんだと思ったら、焦ったらしい」

「なんで？」もう一度聞く。

「アルトに聞けよ」

「……うん」

アルトは、わたしのことが好きなのだと思っていいのだろうか。

「あいつは、誰にでも優しいし、友達のことは大切にする。焦ったとしても、井上が嫌がるようなことはやらない。無理にキスしたんじゃなくて、お互いの間にそういう気持ちがあったんじゃないかって、オレは思ってる」

「犯罪の言い訳みたいだね」

「同意の上だと思ってました、っていうやつな。でも、実際に、どうなんだよ？」

「いきなりキスされたことは、嫌だったよ。なんか、食べてはいけないものを食べた感じがした」

「あいつ、最初から舌入れたのか！」

「違うよっ！　そういうことじゃなくて、感覚的なことだよ」

「どういうことだよ？」

「ファーストキスだったから、唇が触れただけでも、変な感じがしたんだもん」自分で話しておいて、恥ずかしくなってしまう。

「そうだよなあ」崩れるようにして、バンちゃんはその場にしゃがむ。「井上、彼氏いたことないんだもんな」

「けど、その後で、正直に話してくれたら、感じ方は違ったと思う。ふいんきとか言われて、謝られたら、誰でも良かったみたいじゃん」

「そんなこと言ったのか……」

「あの時、はぐれたのがわたしだったら、アルトはマーリンとキスしたんだって考えた」

「それは、ないだろ」バンちゃんは、立ち上がる。「こうして、オレと井上が夜景を眺めながら二人で話していても、そういうふいんきにはならないように、アルトとマーリンがそういうふいんきになることはない」

「アルト、自分から告白すべきって話してたのに、何も言ってくれなかったし」

「言ってることは男らしくても、そこまで自分に自信があるわけじゃないからな。井上に全速力で逃げられて、あいつもどうしたらいいかわかんなかったんだろ」

「でも、アルトって、川西さんが好きなんじゃないの？」

「川西のことは、井上にとってのナントカ先輩みたいなもんだろ。遠くから見ることが楽しいのであって、付き合いたいとかではないんじゃないの。オレも花火大会の彼女のことは、遠くから見てるだけにしておけばよかった」

「そっか」

谷田部先輩に萌《も》えても、話しかけようとか、告白しようとか考えたことはない。

一緒にいたいと思うのは、アルトだ。

「明日の自由行動、四人でまわろうぜ」

「マーリンがなんて言うか……」

「井上がいいって言えば、マーリンだっていいって言うだろ」

「そうだね」

「全国に行けないオレたちのためにも、楽しく過ごさせて」

「ええっ！　大会、負けたの？　いつ？」

「先週末。あと一歩ってところで、惜しかったんだけどな。オレとアルトは、来年の文化祭まで部活をつづけるけど、もう全国には行けないってことだ」

「終わっちゃったんだ」

ちゃんと応援したかったし、アルトから結果を聞きたかった。

「だから、明日は四人で楽しく過ごそう。オレも、いつまでも、マーリンと話せないのは嫌だし」

「ごめんね」

「悪いのは順番を間違えたアルトだから、井上は気にしなくていい」

「ありがとう」

「明日、どこかでアルトと二人きりにしてやるから、ちゃんと話せよ。オレからも、アルトに話すように言っておく」

「うん」

「バス、戻るか」

「そうだね」

展望台の中に入り、らせん状になっている通路で、一階まで下りる。

マーリンもアルトもバスに戻ったのか、どこにもいなかった。

ホテルの部屋で荷物を軽く整理してから、廊下に出る。先生がいないことを確認して、マーリンの部屋へ行く。

飛行機やバスは、「適当に座れ」としか言われなくて、マーリンと一緒にいられたけれど、部屋割りはくじ引きだった。田村さんがアメリカに行き、うちのクラスの女子は十九人になったので、二人か三人で一部屋を使う。マーリンと同じ部屋になることを願いながらくじを引いたが、駄目だった。

夜中まで騒がないように、仲のいい同士で一緒の部屋にしないということらしいけれど、無駄ではないかと思う。監視の先生たちに見つからないようにして、ほぼ全員が他の部屋へ行っている。

ドアをノックすると、マーリンが中から開けてくれる。

部屋には、他に誰もいないようだ。

「同じ部屋の人は？」わたしから聞く。

「どっか行った」

「誰だっけ？」

「瀬野ちゃん」

わたしは窓際にあるソファーに座り、持ってきたお菓子をテーブルに並べる。マーリンは、冷蔵庫からオレンジジュースのペットボトルを出してグラスに注ぐ。

「どうぞ」テーブルにグラスを並べて、マーリンはわたしの正面に座る。

「ありがとう」

　カーテンが開いたままになっている。隣に建つビルとビルの間に、山の頂上までつづく住宅街が見えた。海が見えたとしても、真っ暗で、わからないだろう。

「展望台で、バンちゃんと話したよ」

「それで、一緒にバスに戻ってきたんだ」

「うん」スナック菓子の袋を開けて、取りやすいように置く。

　バスに戻ると、マーリンもアルトも、それぞれの席に座っていた。トイレを出たところやバスで、二人がけんかしたということはなさそうだった。バンちゃんと何を話したのか、すぐにマーリンに伝えたかったけれど、周りに聞かれない方がいい気がしたからやめた。

「なんだって？」マーリンは、お菓子に手を伸ばす。

「明日の自由行動、四人でまわろうって」

「いいの？」

「うん。マーリンにもバンちゃんにも、悪かったなって思って」

「わたしは、いいよ。悪いのは、アルトだから」

「まあ、そうなんだけど……」わたしも、お菓子を食べる。

「アルトとは、話せそう？」

「バンちゃんからもアルトに話してくれるって言ってたし、このまま気まずいのは嫌だから。明日は、ちゃんと話してみようって思う」

「遥、アルトが好きなの？」マーリンは、のぞきこむようにして、わたしの目を見る。

「……えっと」こういうことをマーリンとは話さないから、顔が熱くなってくる。「それも、明日、アルトと話して考える。一ヵ月近く話してないから、今の気持ちはよくわからない」

恋愛というのは、二人で話さなければ、進まないことなんじゃないかと思う。アルトと話せない間にも、気になるという気持ちは大きくなった。でも、学校をサボってお寺に行った時や、文化祭の準備中に学食で会った時や、花火が上がるのを待ちながら話した時に、もっと話したいとか一緒にいたいとか感じたのが、恋なのだろう。

「なんかあったら、すぐに言ってね」

「ちゃんと話さなくて、ごめんね」

「いいよ」マーリンは、首を横に振る。「話しにくかったたっていうのは、わかるから」

「マーリンは、誰か気になる人とかいないの？」

「うーん」ジュースを飲んで、首をかしげる。

「彼氏いたことあるの？」

「ないよ。中学の時は、陸上部の先輩と二人で遊びにいったりしたけど、付き合ってたわけじゃない。高校に入ってからは、遥とばっかり遊んでるし」

「バンちゃんは？」

「えっ？」本気で嫌そうに、眉間《みけん》に皺《しわ》を寄せる。

「いや、アルトがそう言ってたから」

「何、言ってたの？」

「バンちゃんはマーリンと付き合うと思ってた、って」

「ない、ない、ない。一年の時からみんなに散々言われてるけど、絶対にない」

「そうだよね」

マーリンとバンちゃんは仲が良すぎて、そういう目でお互いを見る気もなくなっているのだろう。

「あいつ、自分が遥と付き合いたいから、わたしとバンちゃんをくっつけようとしてんでしょ」

「いやあ、そうなのかなあ」思わず、にやついてしまう。

「照れないで」

「うん、明日、楽しみだねえ」

「アルトのどこがいいの？」

「えっ？　うーん、どこと言われても」

「まあ、遥がアルトと付き合えば、わたしもそんなに気を遣わなくてもいいから、良かった」

「誰と付き合っても、気を遣ったりなんてしなくていいよ」

「そういうわけにはいかないでしょ」

「そうかなあ」

確かに、マーリンがわたしの全然知らない誰かと付き合ったら、わたしも気を遣う。やっぱり、マーリンとバンちゃんが付き合えばいいのにと思うけれど、あまり言わない方がいい。放っておけば、自然とくっつく日が来るんじゃないかという気がする。わたしとアルトの代理のようにけんかしたことで、お互いの大切さを考えたのではないだろうか。

鍵《かぎ》の開く音が聞こえて、ドアが開く。

瀬野ちゃんが部屋に入ってくる。

「ああ、遥、来てたんだ」瀬野ちゃんが言う。

「お邪魔してます」

「ゆっくりしていって」

「瀬野ちゃん、カステラ買った？」わたしが聞く。

「それ、あちこちで言われんだけど」

「和菓子屋の娘がどのカステラをお土産に買うか、気になるからねえ」マーリンが言う。

「カステラには、そんなに詳しくないから」瀬野ちゃんは、冷蔵庫からお茶のペットボトルを出す。「ちょっとここで休ませてもらっていい？」

「どうぞ、瀬野ちゃんの部屋なんだから」並んで座れるように、わたしは少しずれる。

「ありがとう」お茶を飲みながら、瀬野ちゃんは座る。

「休みたいって、なんかあったの？」スナック菓子の袋を瀬野ちゃんの方に向けて、マーリンが聞く。

「どこの部屋に行っても、恋バナばっかりで。騒ぎすぎて、疲れた」

「みんな、告白してたもんね」わたしはグラスを取り、ジュースを飲む。

「遥もバンちゃんと二人でいたじゃん」

「あれは、そういうことじゃないから。話してただけ」

「そうなんだ」

「なんか、すごい情報あった？」マーリンもジュースを飲む。

「うーん、もともとそういう感じだった二人が付き合うようになったっていう話ばっかりで、すごいっていう情報はないかな。予想もしなかった相手に告白されて迷ってるみたいな話もあったけど」

「ふうん」

「川西さんの話は、ついに！　って感じで、盛り上がってた」

「……川西さん？」わたしとマーリンはグラスをテーブルに置き、声を揃える。

「満井君に告白したんだって」

「ん？　満井君って？　アルト？」マーリンが瀬野ちゃんに聞く。

「他にいないでしょ。夏休み前の動画騒動のことがあったし、とっくに付き合ってるんだと思ってた。川西さん、高校卒業したら女優になるっていう噂だから、それで隠してるんじゃないのかなって」

「告白して、どうなったの？」

「付き合うに決まってんじゃん。明日の自由行動も二人でまわるって話してた。川西さん、すごい嬉しそうだった」

「へえ」怒っているような声で、マーリンは言う。

わたしは、何も言えなかった。

頭の中には、バンちゃんと一緒に見た夜景が広がる。

夜景も花火も、アルトと二人で見たかった。

自分の気持ちに素直になれなかったわたしが悪いのだろうか。

バンちゃんと話してないで、アルトのところへ行くべきだった。

それとも、アルトは「ふいんき」でキスしただけであり、わたしのことなんて少しも好きではなかったのだろうか。

だったら、バンちゃんの話していたことは、嘘になる。

どうしたらいいのかも、何が正しいのかも、わからない。

アルトは、川西さんの彼氏になった。

確かなことは、それだけだ。

頭が軽い。

洗面所の鏡にうつっているのは、わたしではないように見える。

顔は変わっていないのに、別人みたいだ。

腰まであった髪を顎《あご》のラインで切った。

マーリンと同じで、肩につくかつかないかくらいの長さにしようと思っていた。しかし、それでは、川西さんとも同じになる。髪質を考えると、マーリンより川西さんと似た髪形になるだろう。そんなことは意識しなくていいと思ったけれど、なんか嫌だと感じてしまった。美容師のお姉さんにも「せっかく短くするんだから、思い切ってみれば」と言われ、バッサリ切ろうと覚悟を決めた。

前髪は長めで横に流して、大人っぽい髪形になり、なかなかいいんじゃないかという気がする。

でも、どこからどう見ても、違和感がある。

昨日の午後に美容院へ行き、帰ってきてから何度も鏡を見ているけれど、慣れない。

結べない長さになり、集めてきたヘアゴムやヘアクリップは、使えなくなった。幼稚園に通うよりも前から買ったりもらったりしたものが、お菓子の空き缶に詰めこまれている。捨てるのはもったいないし、また伸ばすかもしれないから、そのまま洗面所の棚の奥に入れておく。

「遥、ごはん、食べなさい」台所にいるお母さんが言う。

「はあい」返事をして、台所へ行く。

カウンターキッチンの向こうのダイニングでは、先に朝ごはんを食べ終えたお父さんが新聞を読んでいる。お父さんは顔を上げて、何も言わずにしばらくわたしを見た後で、また新聞に視線を戻す。

「ねえ、変じゃない？」わたしは、お母さんに聞く。

「変じゃないって、昨日から何度も言ってるでしょ」

「やっぱり、冬休みに入ってから切れば良かったかなあ」

「なんで？」

「みんなの記憶が薄れるじゃん」

「どういうこと？」お母さんは、お皿に目玉焼きとトーストを載せて、その横にトマトとブロッコリーのサラダを盛る。

「わたしの髪が長かったことなんて、休みの間にみんな忘れるから。そうすれば、切ったことを騒がれないで済む」

「冬休みくらいの期間で、忘れないし、そんなに騒がれないでしょ」

「うーん、どうかなあ」冷蔵庫を開けて、オレンジジュースを取り出しグラスに注ぎ、ダイニングに行く。

お母さんからカウンターキッチン越しにお皿を受け取り、お父さんの斜め前に座る。

「いただきます」オレンジジュースを飲み、サラダを食べる。

先々週の後半が二学期期末試験だった。最初は、試験の最終日の午後に美容院へ行った。長くても伸ばしっぱなしではなくて、二ヵ月に一度は切るようにしていた。いつも通りに、前髪を揃えて、全体を整える程度に切ってもらうつもりだった。しかし、試験の直後だったし、夏頃からアルトのことでモヤモヤしていたのもあり、気分転換したくなった。小学校高学年になった頃から、ずっと同じ美容師さんに切ってもらっている。そのお姉さんに、「短くしたいかも」と話してみたら、「そろそろ、そう言うだろうと思ってた」と言われた。「迷ってるなら、もうちょっと考えた方がいいよ」とも言われたので、その日は切らずに帰ることにした。

一週間と少し、返ってくる答案用紙を見ながら、考えつづけた。数学が危うかったけれど、赤点はなかった。あとは冬休みを待つだけだと思ったのと同時に、「切ろう！」と決意した。年が明けたら、受験のことも本格的に考えなくてはいけなくなる。その前に、すっきりしておきたかった。お母さんに「短い方が勉強に集中できるから」と切る理由を言った後で、美容院に電話して日曜日の午後に予約を入れた。

もの心ついた時から髪が長かったので、短くした自分を全く想像できなかった。結んだり、ボブに見えるようにセットしてみたりして、シミュレーションしてから美容院へ行った。しかし、実際に切ってみると、想像とは全く違う感じになった。美容師のお姉さんは、わたしの髪質をわたし以上によくわかっている。似合わなかったらどうしようと不安だったのだけれど、素敵に仕上げてくれた。切り終えるまで鏡を見ないようにして、「終わったよ」と言われてから、どんな髪形になったのか初めて見た。その瞬間に、「切って良かった！」と思えた。

だが、イメージが変わりすぎた気がする。

友達が突然、こんなに髪を切って学校に来たら、わたしならば騒ぐ。

切る理由をお母さんに言ってから美容院を予約したのだって、帰ってきた時に驚かないで、と伝えておきたかったからだ。

そして、斜め前に座るお父さんは、さっきからずっと新聞を読むフリをしつつ繰り返し顔を上げて、わたしを見ている。お父さんには、切ることを言わなかったけれど、お母さんから話してくれるだろうと思っていた。だが、話さなかったようだ。帰ってきたわたしを見て、お母さんは「かわいい」と言っただけだったのに、お父さんは「なんで、切った！」とショックを受けた顔をしていた。

「何？」お父さんに聞く。

「遥ちゃんは、長い方が似合うのに」

「しつこいなあ」

「ずっと長いままだと思ってたのに」

「切っちゃったもんはしょうがないでしょ」

　お父さんは、髪の長い女の人が好きなようだ。お母さんは、今は短くしているけれど、結婚するまで長かったらしい。わたしが髪を長くしたのは、お父さんの希望だった。幼稚園の頃に「遥の髪が一番キレイだね」と、お父さんから言われたことがすごく嬉《うれ》しくて、長いままでいようと決めた。だから、走るのに邪魔だと思っても、切らなかった。そんなことはすっかり忘れていて、ショックを受けているお父さんを見て、思い出した。

「遥ちゃんは、もうお父さんのことなんて、好きじゃないんだ」

「何それ？　あと、遥ちゃんって言うの、やめて」

　普段、お父さんはわたしのことを「遥」と呼ぶのに、わたしの機嫌を取りたい時だけ、「遥ちゃん」になる。

　リビングのテレビの横に、わたしとお母さんで飾りつけしたクリスマスツリーが置いてある。

　うちには、来年までサンタクロースが来るらしい。

　髪を切り、首の周りが寂しくなった。なので、マフラーとそれに合ったコートを考え、どこのブランドがいいのか細かく指定して、サンタさん宛てに手紙を書いた。昨日の夜、ツリーの下に置いたのだが、なくなっている。

きっと、サンタさんは「遥ちゃん」のために、望んだ通りのものと他にも何かプレゼントを用意してくれる。

　ギョッとするというのは、こういう顔のことを言うのだろう。

　アルトが上履きを出そうとしている格好のまま、下駄《げた》箱の前でかたまり、眼鏡の奥の目を丸くして、わたしを見ている。

　よりによって一番会いたくない人に、登校して、いきなり会ってしまった。

　うちのクラスの下駄箱の周りには、わたしとアルトしかいない。

「おはよう」わたしから言う。

「おはよう」アルトも言い、動き出して、上履きに履き替える。

　修学旅行の自由行動は、結局、マーリンや瀬野ちゃんたちの彼氏がいない、もしくは彼氏はいても違う学年や他校という女子のグループでまわった。バンちゃんは男子のグループに入り、アルトは川西さんと二人だった。二人が付き合うことについて、バンちゃんは何も言ってこなかったし、わたしも聞かなかった。帰ってきてからは、マーリンとバンちゃんが前みたいに話すようになったので、わたしとアルトも友達に戻った。川西さんの彼氏であるアルトを、友達でしかない女子がいつまでも無視していたらおかしい。でも、話しても、あいさつ程度だ。前は、なんでも好きに話せたのに、何を話したらいいのかわからなくなった。アルトは、わたしたちよりも川西さんを優先するようになったから、四人でいるのも休み時間のほんの数分だけだ。

二人で教室まで行くのは気まずいし、アルトに先に行ってと言うのも変だ。どうしようと思っていたら、マーリンが昇降口に入ってきた。

「ええっ！　髪、どうしたの？」驚いた顔をして、マーリンはわたしに駆け寄ってくる。

「昨日、切った」

「すごい、遥の髪がわたしより短い」そう言いながら、わたしの髪を両手で触る。

「頭、すっごい軽いよ」

「何センチ、切った？　八十センチくらい？」

「そんなに切ってないよ。一番長いところでも、五十センチなかったもん」

「いいよ。似合ってる」マーリンは少し離れて立ち、わたしを見る。

「ちょっと切りすぎたかな」

わたしとマーリンが話している間に、アルトは階段の方へ行く。

その後ろ姿を、思わず見てしまう。

アルトと川西さんは、教室でイチャイチャしたりなんてしないけれど、たまに二人で話している。嬉しそうに川西さんが話し、アルトは優しく微笑んで聞く。彼女には、わたしやマーリンに対するように、「バカ丸出し」と、からかったりしないようだ。付き合いはじめてから、アルトは男らしくなった感じがする。背が伸びたり、体重が増えたりしたわけではなさそうなのに、身体が一回り大きくなったみたいに見える。好きだと言ってくれる女の子がいて、自信を持てるようになったのだろう。かわいい彼女ができても浮かれず、勉強もちゃんとやっていて、期末試験では成績上位者に名前が載っていた。

「大丈夫？」マーリンが言う。

「何が？」

「アルトのこと」

「もうなんとも思ってないよ。花火大会のことで、ちょっと悩んじゃっただけで、もともと好きだったわけじゃないし」

「言い訳っぽい」

「違うよ。本当に、大丈夫」

「失恋したから髪切ったの？」

「そんなことしないよ」

話しながら、上履きに履き替えて、階段を上がる。

「じゃあ、なんで？」

「失恋じゃなくても、なんか、モヤッとしてたから。いつかは短くしてみたかったし、いい機会かなって思って。今を逃したら、ずっと長いままなんじゃないかっていう気がした」

「そっか。ちょっとわかるよ」

「そう？」

「わたしは逆だけど、中三で部活引退した時に、伸ばすか短いままか考えて、伸ばそう！　って決めたから」

「その時、お父さんは、なんか言ってた？」

「何も」マーリンは、首を横に振る。「なんか言われたの？」

「うちのお父さん、長い方が良かったって、うるさいんだよね」

「娘に何かあったって、思われてんじゃない？」

「何か？」

「失恋」

「もう、そこに、話を戻さないで！」

「ごめん」謝りつつも、マーリンは笑っている。

話題にせず、腫《は》れものに触るみたいに扱われるより、からかってもらった方が楽だ。

けれど、少しだけ胸が痛む。

「それより、今日は大事な日なのだから！」わたしが言う。

「そうだね！」

「ライバルは、二組かな」

「バスケ部のレギュラーが三人いるからね」

「ソフトも、忘れないようにしなきゃいけないし」

「集中して、がんばらないと」

「髪切って、良かったよ」

「そのために切ったことにしなよ」

「気合い、入れすぎた人みたい」

二人で、声を上げて笑う。

笑い声が階段の上から下まで、響いていく。

今日は、球技大会だ。

参加するのは、一年と二年だけで、三年は休みだ。女子は体育館でのバスケットボールかグラウンドでのソフトボール、男子は体育館でのバレーボールかグラウンドでのサッカー、どちらかに出る。しかし、期末試験と冬休みの間の穴埋めみたいなものなので、誰がどの競技に出るか、厳しくチェックされるわけではない。二種目出ることも認められているため、運動神経のいい生徒がどちらにも出て、参加したくない生徒はメンバーに登録しつつも応援にまわる。ただし、トーナメント方式のクラス対抗戦で、バスケとソフトの試合時間が重なる可能性もある。その場合、どちらに誰が出るのか、作戦が必要になってくる。うちのクラスでは、運動神経のいい女子はバスケを優先することに決まった。男子は、サッカーを優先するクラスが多いだろうから、裏をかいて、バレーでの優勝を目指すことにしたらしい。

わたしとマーリンは、バスケは全試合出て、あいた時間にソフトの試合に行く。

「うわっ！　井上！　頭、どうした？」バンちゃんが階段を駆け上がってくる。

「頭じゃなくて、髪ね。昨日、切ったの」

「何？　失恋したから？」

「違う！」

「かわいい、かわいい。軽やかだしいいじゃん」

「ありがとう」

これでもう、失恋で髪を切ったと、からかわれることはない。わたしとアルトの間に起きたことは、アルトが話していなければ、他の誰も知らないはずだ。冬休みが終わる頃には、マーリンもバンちゃんも何も言わなくなるだろう。わたしのファーストキスは、そのまま忘れられていく。


男子が鈍くさい感じで、サッカーをやっている。

ほとんどのクラスが裏をかこうと、バレーに運動神経のいい男子を集中させたようだ。裏が引っ繰り返り、表になってしまった。

バンちゃんが「パス！」と言って走りながら手を挙げるが、アルトの蹴《け》ったボールは全然違う方向へ飛んでいき、一年三組の男子の足元に渡る。だが、その男子も間違った方へボールを蹴る。点数が入らず、おかしな方向にパスを回し合うだけで、終わってしまうのではないだろうか。わたしとマーリンが入った方が勝てそうだけれど、女子は男子の試合に出られない。

ミスをしつつも、アルトもバンちゃんも、ボールを追って走りつづける。

川西さんは笑顔で、応援している。

寒さもあるのか、頬を赤くしていて、いつも以上にかわいい。

普段はおとなしいのに、アルトを見る時だけは、子供に戻ったようにはしゃぐ。

あんなんでも、彼氏だったら、かっこ良く見えるのだろう。

そう思うと、わたしはアルトのことが好きではなかったのだという気がしてくる。走りまわる姿を見ても、いつもの仕返しで笑ってバカにしたい、としか考えられない。アルトは、バンちゃんが蹴ったボールをなぜかよけてしまい、一年三組の男子に取られる。体育の授業を見て、そこまで鈍いと思ったことはなかったが、サッカーは特に苦手なのだろう。

「体育館、戻ろうか？」マーリンが言う。

「そうだね」

グラウンドの端を通り、体育館へ行く。

バスケの一回戦は、一年三組が相手で、無事に勝利した。どの競技も、一回戦は一年と二年の同じクラスで試合をする。高校生にもなれば、一年と二年で体格に差がないので、必ず二年が勝つということはない。戦略でどうにかしようとする二年に対し、一年は全力で向かってくるから、意外とあっさり二年が負けたりもする。二回戦の前に、勝ったチームの代表がくじを引き、そこからトーナメント戦になる。五チームでのトーナメントなので、シード権を取れるかどうかが重要になる。

体育館では、バスケの一回戦四試合目をやっていた。もう後半で、あと少しで終わる。

一組から順番に試合をやっているわけではなくて、何試合目かもくじで決めた。四試合目は、二組同士の対決だ。バスケ部のレギュラー三人が活躍して、二年が一年に大差をつけて勝っている。

奥では、男子のバレーボールが一回戦から熱い試合を繰り広げている。技術よりも力でどうにかしている感じで、痛そうな音を上げて、ボールを返す。接戦で、まだ三試合目だ。一日に何試合もやるため、通常より短い時間で終えられるルールになっている。それでも、制限時間のない種目は、球技大会に向いていないと思う。グラウンドのソフトボールは、ルールをよくわかっていない女子たちがダラダラ試合をしていて、どうにか四試合目がはじまったところだった。

体育館の隅に行き、バスケを見ているうちのクラスの女子たちに合流する。

「ソフト、どうだった？」瀬野ちゃんが聞いてくる。

「五試合目まで、まだかかりそうだった」マーリンが答える。

「そっか、バスケの二回戦でシード取れなかったら、試合が重なるかもね」

バスケが一試合目で、ソフトが五試合目になったから、両方とも出られると思ったが、難しそうだ。二回戦のくじ次第だけれど、そのくじは保健委員であるわたしが引く。保健委員は、体育委員も兼ねている。普段は当番もなくて、ほとんどやることがないので、体育大会と球技大会の時だけは、しっかり働く。くじ引きと終わった後の片づけが、今日のわたしの仕事だ。どうにかして二回戦のシード権を取り、委員としても活躍したい。

「二組、強いなあ」壁に寄りかかり、マーリンは座る。

「二回戦で当たらないようにするよ」わたしも座る。

「二組にシード権が渡らないで、試合数重ねてくれれば、決勝はどうにかなるかな」

「でも、持久力もありそうだよね」

「足も速いし、速攻狙いは難しそう」

「わたしもマーリンも、全速力で走りつつ、ボールを回せるほどじゃないもんね」

一年の最初からマーリンと仲良くしていたら、わたしたちは、一緒にバスケ部に入っていたかもしれない。陸上は同じ部に友達がいても、走る時は一人だ。バスケ部ではなくても、どこかの運動部に入り、マーリンとチームメイトとして試合に出られたら、中学生の時とは違う生活が送れただろう。それはそれで楽しそうだし素敵だけれど、今のままの方がいい気がする。運動部に入っていたら、バンちゃんやアルトとは、仲良くならなかったと思う。他の友達との関係も、変わってしまう。

川西さんが体育館に入ってきて、わたしたちの方に来る。

「井上さん！」慌てているような声で、川西さんはわたしを呼ぶ。

「何？　どうしたの？」わたしは立ち上がり、川西さんの前まで行く。

立って話していると邪魔になりそうだから、わたしと川西さんは、体育館の外に出る。

マーリンも、ついてきた。

「あの、満井君がケガをして」川西さんは泣きそうな顔で、わたしを見る。

「アルトが？」

「サッカーの試合中に転んじゃったの」

「へえ」あの試合で転ぶなんて、どれだけ鈍くさいのだろう。

「保健室に行ったんだけど、先生がいなくて」

「職員室とかにもいないの？」

「一年の男子がケガして、一緒に病院に行ったみたい。それで、どうしたらいいのかわからなくて」

「なぜ、わたしのところに？」

「井上さん、保健委員だから」

「男子の保健委員は？」

「サッカーの試合中だし、保健室のことなんてわかんないって」

「ああ、そうだろうねえ」

四月のはじめに、保健委員全員で救急法の講習を受けたが、どのクラスの男子もまともに話を聞いていなかった。わたしは去年も保健委員だったし、中学の時に陸上部でも応急処置やテーピングをしていたから、軽いケガならば、先生がいなくてもどうにかなる。

「けど、わたしも、くじ引きとかソフトの試合とかあるし。保健室に行ってる場合ではないというか」

「くじ、引いておくよ」隣で黙って聞いていたマーリンが言う。

「試合の前には、わたしが呼びにいくから」川西さんも言う。

川西さんは、花火大会の時のことを知らないようだ。わざわざ彼女に、付き合っていたわけでもない女の子とキスしたと話すバカなんていない。アルトとわたしは、ただの友達だと川西さんは信じている。ここでわたしが保健室に行きたくないと言いつづければ、何かあったと思われるかもしれない。

すごく心配そうに、川西さんは話している。でも、大したケガではないだろう。さっさと行って、戻ってきた方がいい。

「行ってきなよ」マーリンがわたしの背中をつつく。

「わかった。じゃあ、何かあったら、すぐに呼びにきてね」

マーリンと川西さんに言い、わたしは北校舎一階の保健室まで走る。


保健室には、誰もいなかった。

先生どころか、アルトもいない。

グラウンドに戻ったのだろうか。

奥まで確認しにいくと、アルトは右手に氷嚢《ひょうのう》を載せて冷やしながら、ベッドで眠っていた。ジャージを着たままで、布団には入らず横になり、眼鏡は外している。

「ちょっと、起きて」

わたしが肩を叩《たた》くと、アルトは目を覚ます。

よく見えないみたいで、目を細めて、わたしを見る。

「……友梨奈」寝ぼけている声で、アルトは言う。

「眼鏡かけなよ。どうしたら、わたしが川西さんに見えるの？」

「えっ？　うわっ！　井上だ！　ごめん」慌てて起き上がり、氷嚢を床に落とす。

「川西さんが心配そうに、呼びにきたの。わたし、保健委員だから」

「そうなんだ」

冷静なフリをしつつも、アルトは顔を真っ赤にして、氷嚢を拾ってから眼鏡をかけ、ベッドに座る。

「手、どうしたの？」

「ボール蹴ろうとして、転んで、手をついた」ベッドの横の棚に氷嚢を置き、右手を振る。

「動かさないで」アルトの正面に立ち、手を見る。「そこまで鈍くさかった？」

「緊張して、身体がうまく動かなくなったんだよ」

「球技大会くらいで、どうして緊張すんの？」

「見られてたから」

「友梨奈に？」

「川西じゃないよ」

「さっき、友梨奈って言ったじゃん。わたし、川西さんのこと、友梨奈なんて呼ばないからね。今のは、ちょっとおもしろいかなと思ったから、あえて友梨奈って言ったんだよ。それで、友梨奈じゃなくて、誰に見られて、緊張したの？」

「よく喋《しゃべ》るな」アルトは、笑う。

「誰に見られて、緊張したの？」流されそうだったから、もう一度聞く。

「……教えない」

「ああ、そう、どうでもいいや」

川西さん以上にアルトを緊張させる人なんていないのだから、正直に言えばいいのに、なぜごまかそうとするのだろう。

「手、もう痛くないし、大丈夫だよ」

「冷やしてたから、そう感じるだけで、また痛み出すと思う」

「そう？」

「捻挫《ねんざ》かもしれないから、包帯で固定しておいた方がいい。それで、帰りに、病院に寄って。何もなければいいけど、放っておいたら痛みが取れなくなる。今より痛くなるようだったら、早退しなよ。どうせ試合に出ても、活躍できないんだし」

「井上は、大活躍してんだろ？」

「当然」

「後で、バンちゃんと一緒に、バスケの応援に行くから」

「来ないでいい」

「なんで？」

「……教えない」

アルトに見られたら緊張するなんて、絶対に言いたくない。

「なんだよ？　行くからな」

「包帯、どこだったかなあ」無視して、備品の置いてある棚の方へ行く。

手の平を擦りむいていたから、消毒液とコットンとテープを包帯と一緒に持ち、ベッドの方へ戻る。

ベッドの横の棚に、持ってきたものを置き、座ったままのアルトの手を取る。擦りむいたところを軽く消毒して、コットンでおさえて、テープで留める。手首を固定できるように、8の字に包帯を巻いていく。

「慣れてんだな？」アルトは、手の辺りを見ながら言う。

「陸上部だったからね」

「足、速いもんな」顔を上げる。

「うん」

見られているのを感じたけれど、わたしは顔を上げないようにした。

南校舎の向こうにあるグラウンドに響く声援も、体育館を走りまわる足音も、北校舎には届かない。とても静かで、学校中にわたしとアルトだけしかいないような気分になってくる。保健室で二人きりなんて、何か起こるとしか考えられないシチュエーションだ。でも、わたしが顔を上げて、アルトと見つめ合ったとしても、そういう「ふいんき」になることは、もうない。

体育館で、川西さんはアルトのことを「満井君」と呼んだ。けれど、アルトが思わず「友梨奈」と言ったように、二人きりの時は、違う呼び方をしているんじゃないかと思う。恋人同士になった二人の間には、そういう「ふいんき」が溢《あふ》れているのだろう。

「なんで、切った？」あいている左手を伸ばし、アルトはわたしの髪をなでる。

「触らないで」包帯を巻きつづける。

「ごめん」気まずそうに言い、手を引っこめる。

「理由なんてないよ。切りたかったから切っただけ」

「そうか」

「長いの大変だし」

「うん」

「短い方が楽だと思って」

冗談みたいに「失恋したから」と言ってしまいたくても、言えなかった。前のアルトだったら、わたしがどんなにつまらないことを言っても、笑ってくれた。ただの友達に戻ったはずなのに、今のわたしとアルトの間には、言ってはいけないことがたくさんある。

髪を切っただけで、すっきりなんてしない。

お母さんやマーリンやバンちゃんではなくて、アルトに「かわいい」とか「似合ってる」とか、言ってもらいたかった。

包帯を巻き終えたアルトの手に、涙が落ちる。

「どうした？」アルトは、心配している声で言う。

「……ごめん」

「どうしたんだよ、急に？」

「……なんでもない」手の甲で涙を拭《ふ》いても、止まらない。

「なんかあった？」

「……」

「……遥？　遥ちゃん？」

小さな子供をあやすようにして、アルトはわたしの顔をのぞきこんでくる。

「気持ち悪い呼び方しないでっ！」

「なんでだよ？　井上だって、オレのことを下の名前で呼んでんじゃん」

「わたしのことを、遥ちゃんって呼んでいいのは、お父さんだけなの」

「ファザコン？」

「違うっ！」ティッシュを取りにいき、涙を拭いて洟《はな》をかむ。

アルトはベッドから下りて、わたしの隣に立つ。

「グラウンドに戻りなよ」

「いや、井上が泣いてるのに、置いていけないから」

「もう大丈夫だから」深呼吸をして、涙をこらえ、アルトの顔を見上げる。

「本当に？」

「うん」

「何かあるんだったら、話してほしい」

「話して、いいの？」

正直に話すべきなのかもしれない。

花火大会の時にどう思ったのか、修学旅行で夜景を見ながらバンちゃんと何を話したのか、アルトと川西さんが付き合いはじめて一ヵ月くらいの間どんな気持ちでいたのか。

話したら、友達でもいられなくなってしまう。けれど、このままでは、ずっと気まずい思いを抱えつづけることになる。

「ちゃんと聞くから、話して」アルトは、わたしの目を見る。

「アルトから話してほしい」わたしも、アルトの目を見る。

「……えっと」

驚いた顔をしつつも、アルトは何か話し出そうとする。

しかし、廊下を走ってくる足音が聞こえて、保健室のドアが開いた。

川西さんだった。

「バスケ、マーリンがくじ引いて、シード権取れたって！」

嬉しそうな笑顔でわたしにそう言い、川西さんはくっつくようにしてアルトの隣に立つ。自然な感じで、アルトの手を取り、包帯が巻かれているのを確認する。

「あっ、そうなんだ。じゃあ、ソフトの試合も出られるね」涙どころか、感情の全てが心の奥に引っこんでいった。

「ソフト、もうすぐ始まるみたい」

「そっか、じゃあ、行かないと」

「ありがとうね」

アルトのケガの応急処置をしたのに、川西さんがわたしにお礼を言う。

「じゃあ、満井君も川西さんも、気をつけて」

二人を残し、わたしは保健室を出る。

誰もいない廊下の奥まで、一人で歩く。


風が吹き、赤く染まった葉が舞う。

球技大会の片づけをしていたため、通学路には、まばらにしか生徒がいない。

バスケもソフトも、準優勝だった。バスケは、二年二組が二回戦で敗退したのに、決勝の二年四組に対して作戦を練り切れず、僅差《きんさ》で負けた。ソフトは、決勝でわたしもマーリンもホームランを打ったのだけれど、守備力の弱さを最後までカバーできなかった。男子はサッカーが一回戦負けで、バレーが二回戦負けだった。女子の準優勝祝いに、クラスの何人かで、カラオケに行くことになった。山岸先生が「女子も男子も、よくがんばった！」と褒めてくれたから、残念会とは言わないようにした。

マーリンとバンちゃんが「片づけ終わるまで、待ってる」と言ってくれたのだけれど、どれだけかかるかわからないので、先に行ってもらった。

それぞれの競技で使った備品をチェックして、各部に返すだけなのだが、数が足りなかったり、男子がサボっていたりしたため、思ったよりも時間がかかった。

後半からの参加になっても、カラオケに行きたい。

保健室でのことも、準優勝の悔しさも、歌って吹き飛ばしたい。

ホームランを打った時は、気分が良くて、これでもう大丈夫という気持ちになった。

なのに、アルトの声援が聞こえて、落ちこんでいたところに引き戻されてしまった。

何を歌うか考えながら坂道を下り、枯れ葉を踏む。

桜並木は、ほとんど葉が落ちている。

冬休みになるまでに、全てが風に飛ばされていくだろう。

今週末が終業式で、それから二週間は休みだ。

せっかく髪を切ったのだから、ウジウジ悩むのはやめたい。

アルトに、正直に話したところで、振られるだけだ。

このまま何も話さず、休みの間にちゃんと忘れよう。

マーリンやバンちゃんに気を遣わせて、アルトを困らせるようなことは、もうしたくない。何よりも、川西さんを妬《ねた》む目で見てしまう自分が一番嫌だ。

駅に着き、電車に乗る。

窓側に立ち、海を眺める。

波が高くて、荒れている。

今は晴れていても、天気が崩れるのかもしれない。

海岸沿いの国道をうちの高校の生徒が歩いていた。

アルトと川西さんだ。

腕を組んでくっつき、川西さんはアルトを見つめる。

カラオケに参加せず、二人でどこかへ行っていたのだろう。

アルトの手には包帯が巻かれたままだけれど、病院に行ったわけではないと思う。

川西さんの家は、高校の一駅先だ。歩いてでも帰れる。いつもはまだ六時間目が終わる頃だから、両親が共働きならば家に帰ってきていないかもしれない。わたしが「病院に行って」と言ったのに、川西さんから「海を見ていこう」とか「今日、うちの両親いないの」とか言われた方をアルトは選んだ。これから先、もっと些細《ささい》なことでも、アルトはわたしより川西さんを選びつづける。

二人からは、わたしが見えない。

わたしも、二人を見ないようにするため、海に背を向ける。

キスされた感触は、もう思い出せない。

アルトは川西さんに、どんな風にキスするのだろうか。

電車内の広告を見上げ、歌うことだけを考える。

初詣《はつもうで》は毎年、うちから電車で二十分くらいのところにある大きな神社に行く。中学生の時は、両親と一緒だった。去年は、マーリンと二人で行った。

今年も、二人で来た。

三が日は歩くのも大変なくらい混むから、四日にしたのだけれど、それでもまだたくさんの人が来ている。鳥居から拝殿まで、長い列ができていた。

並びながら、列の周りに出ている屋台を見る。

たこ焼きやじゃがバターやあんず飴《あめ》の他に、干支《えと》の小物や達磨《だるま》を売る屋台もあり、神社の奥の方までつづいている。

「後で、りんご飴食べたい」マーリンは、すぐ横にある屋台を指さす。

飴でコーティングされた真っ赤なりんごが店先に並んでいる。りんごにさした割りばしが折れそうに思えるほど大きい。

「あれ、おいしい？　すっぱくない？」

「食べたことない」首を横に振る。

「えっ？　そうなの？」

「うちの親、買ってくれなかったから」

「そうなんだ」

「だから、食べてみたい」

「じゃあ、帰りに買おう」

話しているうちに少しずつ列は進み、長い階段の先にある拝殿が近づいてくる。

この辺りに住む人は、ここに初詣に来ることが多い。誰か並んでいないか列の前や後ろを見てみたけれど、知っている顔は見つけられなかった。

拝殿の上に広がる空を眺める。

雲一つ出ていなくて、よく晴れている。

お正月の空は、いつもよりも青い。

「コート、買ったの？」マーリンが聞いてくる。

「サンタさんにもらった。マフラーと手袋も」

お願いしたのは、マフラーとコートだけだったのだけれど、サンタさんがベッドの枕元に置いていった箱を開けると、手袋も入っていた。添えられたクリスマスカードには、〈来年で、最後ですね〉と、お父さんの字で書いてあった。

「わたしも、サンタさんにこれもらった」コートのポケットに手を入れて、スマホを出す。

花柄のケースには、いちごが載ったピンク色のマカロンのストラップがぶら下がっている。マーリンとマーリンのお父さん、二人の趣味の間を選んだという感じだ。

列が進んでいき、階段を上る。

一番上まで行って振り返ると、まっすぐに延びた参道の先に海が見える。

穏やかな日差しを浴び、海は白く輝いている。

拝殿の前に立ち、用意してきた五円玉を賽銭《さいせん》箱に投げ入れる。

お参りというのは、神様に挨拶《あいさつ》するのであって、お願いごとをしていいわけではないらしい。しかし、手を合わせながら、願いごとを考えてしまう。同時に、去年起きた様々なことが胸に浮かんでくる。忘れたいのに、アルトにキスされたことを一番に思い出す。冬休みに入ってからバンちゃんとは会ったけれど、アルトとは会っていない。メッセージを送ったりもしていないし、友達でもなくなってしまった気がする。

いつまでも手を合わせていられないので、考えをまとめられないまま、拝殿から離れる。

「おみくじ、引こう」マーリンは、社務所の方へ行く。

「うん」わたしもついていく。

筒を振り、出た番号を巫女《みこ》さんに渡し、おみくじをもらう。

見ないようにして、社務所から離れる。

マーリンと「せいのっ！」と言い、同時に結果を見る。

二人とも、中吉だった。

「なんか、中途半端だね」わたしが言う。

「そうだね」

「中吉って、いいの？　悪いの？」

「大吉の次じゃん」

「大吉、吉、中吉じゃないの？」

「どっちだろ？」

「どっちにしても、ちょっとね」

ここの神社は、大吉はほとんど出ないと言われている。中吉はいい方なのだろうけれど、おもしろくない。書いてあることも、可もなく不可もなくという感じだ。縁談は自然にまとまるが、病気は長引くらしい。どちらかと言えば、悪い方寄りに思える。身体に気をつけようと決めて、おみくじは折りたたんで、お財布に入れておく。

「りんご飴、買いにいこう」マーリンも、おみくじをお財布に入れる。

「その後で、瀬野ちゃんの家に寄っていい？　お母さんからお正月のお菓子買ってくるように言われたんだ」

「いいよ」

話しながら、奥にある階段を下りる。

りんご飴は一つだけ買い、マーリンと半分ずつ食べた。

思った通りに、すっぱかった。飴の甘さと混ざるとちょうどいいのだけれど、中心のだった。

方はただのすっぱいりんごだ。でも、初めて食べられたので、マーリンは満足したよう

神社から出て、参道沿いの商店街を歩いていく。

まだお昼前だから、駅の方から神社に向かう人も多い。押し戻されないように、駅に行く人たちの流れに乗って、ゆっくり歩く。雑貨屋や和菓子屋を見ながら歩いている人ばかりで、花火大会の時みたいに押し合うような勢いはない。はぐれることはないだろうと思いながらも、マーリンのコートの裾《すそ》をつかむ。

「何？」マーリンは、わたしがつかんだ辺りを見る。

「ファインディング・マーリンにならないように」

「大丈夫だよ」

「スマホ、落とさないでね」

「今日は、はぐれても、アルトはいないから問題ないって」

「やめて、思い出させないで」

「わかった、わかった」笑いながら言う。

花火大会から二ヵ月半くらい経ち、キスされたことを夢だったかのように感じることもある。けれど、あれは現実で、一生思い出しつづけるのだろう。それともいつか、キスくらいどうでもいい、と考えるようになるのだろうか。

瀬野ちゃんの家の前に着き、マーリンのコートから手をはなす。

正確には、家ではなくて、お店だ。住むための家は、ここから少し離れたところにあるらしい。先祖代々つづく和菓子屋だが、十年くらい前に改築したという建物は、キレイで広々としている。雑誌の特集にもよく載る人気店なので、和菓子が並ぶガラスケースの周りには、人だかりができていた。

レジにいた瀬野ちゃんがわたしたちに気づいて、お店の外に出てくる。

瀬野ちゃんは、淡いピンク色の着物を着て、髪の毛はアップにしている。大人っぽくて、学校にいる時とは違う人みたいに見えた。

「明けましておめでとう」瀬野ちゃんが言う。

「おめでとう」わたしとマーリンも言う。

「忙しそうだね？」マーリンが瀬野ちゃんに聞く。

「昨日までは、もっと大変だったんだよ」

「お正月は、ずっと家の手伝い？」

「年末年始は、ずっと。子供の頃からだから、これが当たり前っていう感じ」

「そうなんだ」

「初詣、行ってきたの？」

「うん」わたしは、うなずく。「それで、お正月のお菓子、買おうと思って。ごぼうが刺さった半円のお餅《もち》、親に頼まれたから」

「花びら餅？」

「そう、それ」

店先で話しつづけていたら、奥から男の人が出てきて、瀬野ちゃんの横に立った。背が高くて、目鼻立ちのはっきりした顔の人だ。大学生くらいに見えるけれど、アルバイトという感じではない。青い糸で店名が刺繍《ししゅう》された白い服を着ている。和菓子職人なのだろうか。奥は、工場になっている。瀬野ちゃんも背が高いので、二人で並ぶと、バランスがいい。

「友達？」彼は、瀬野ちゃんに聞く。

「そう、高校の同級生」

「こんにちは。お嬢さんがお世話になっています」笑顔になって、わたしとマーリンを見る。

「こんにちは」わたしもマーリンも、人見知りする子供みたいに小さな声で返事をする。

同級生や先生以外で、男性と話す機会なんてほとんどないから、恥ずかしく感じた。でも、恥ずかしさの理由は、それだけではない。彼は瀬野ちゃんを「お嬢さん」と言ったが、二人の間にはお店の経営者の娘と従業員というだけではない関係があるように見えた。大らかな空気で、彼は瀬野ちゃんのことを包みこんでいる。

「何かあった？」瀬野ちゃんは、隣に立つ彼を見上げる。

「いや、外に出るのが見えたから、どこか行くのかと思って」

「どこも行かないよ」

「疲れてない？」

「大丈夫」

「じゃあ、また後で」瀬野ちゃんにそう言い、わたしたちに会釈してから彼はお店の奥に戻る。

わたしとマーリンは会釈を返してから、瀬野ちゃんを見る。

「婚約者」なんでもないことのように、瀬野ちゃんが言う。

「ええっ！」わたしもマーリンも、叫び声を上げる。

彼氏だとは思ったけれど、それを通り越してしまった。跡継ぎである瀬野ちゃんに、ただの従業員が手を出したりなんてできないだろうから、そう考えるのが当然なのかもしれない。しかし、彼氏がいたこともないわたしには、婚約なんて、想像もできなかった。

「わたしが高校を卒業したら、すぐに結婚するの。彼の実家も和菓子屋なんだけど、次男だから。でも、和菓子職人になりたいって、子供の頃から言っていて。だったら、うちにお婿さんに来てもらえば、ちょうどいいでしょ」

「それは、政略結婚みたいなことなの？」驚いたからか、マーリンはいつもよりも興奮した話し方になっている。

「違うよ。和菓子屋に政略とかないから」瀬野ちゃんは、笑いながら否定する。

「お店が合併したり」

「そういう話が出たとしても、政略ではないよ」

「でも、親の決めた許婚《いいなずけ》とかじゃないの？」わたしが聞く。

「もともとは、そうだったんだけど、今はちゃんと好きだから」

「人生には、もっと可能性があるかもしれないよ」

「うーん、そういう風に考えたこともあるよ。けど、わたしが今まで生きてきた中では、うちのお店の仕事が一番好きだし、彼のことが一番好き」

優しく微笑みながら話す瀬野ちゃんに、わたしとマーリンは照れてしまう。彼のことが本当に好きなのだろう。

クラスでの瀬野ちゃんはお姉さん的存在で、いつもみんなから少し離れたところにいる。恋バナをしたりして騒いでいても、適度なところで引いていく。結婚したいと思える恋人がいて、将来のことを決めているから、教室で起きることをわたしたちとは違う視点で見ているのかもしれない。

「うちのクラスの男子よりも、彼の方が素敵でしょ」自信を持った笑顔で、瀬野ちゃんが言う。

「それは、そうだね」わたしもマーリンも納得して、大きくうなずく。

あと何年経ったとしても、うちのクラスの男子があの大らかさを醸し出せるようになるとは考えられない。

「花びら餅、買うんだよね？」瀬野ちゃんは、わたしを見る。

「うん」

「何個？」

「六個」

「こちらにどうぞ」

「はあい」

案内されるまま、お店の中に入る。

瀬野ちゃんはガラスケースの向こう側に行き、ピンク色の花びら餅を箱に詰めて包装紙で包み、レジの前に立つ。

見惚《みと》れるほど、手際がいい。

わたしは、アルバイトもしたことがなくて、社会のことなんて何もわかっていない。

うちの学校は、九割くらいの生徒が大学や専門学校への進学を希望しているけれど、就職する生徒や瀬野ちゃんのように卒業と同時に家業を継ぐ生徒も何人かいる。

彼らや彼女たちの未来は、わたしが考えているようなあやふやなものではないのだろう。


一度帰って花びら餅を置いてから、マーリンの家に行く。

マーリンのお母さんは今日から仕事で、お父さんは町内会の集まりに行っているため、家には誰もいなかった。二人とも新年会があり、帰りが遅くなるらしい。うちの両親も仕事先の新年会で遅くなるみたいだ。まだお正月と思っていたが、多くの人が働きはじめている。大人になったら、二週間近く休めることなんてなくなるのだろう。

「お節の残り、食べる？」台所に立つマーリンが言う。

「何があるの？」わたしはこたつに入ったまま、返事をする。

うちとマーリンの家は、造りがよく似ている。カウンターキッチンの前にダイニングがあり、リビングと繋《つな》がっている。ダイニングとリビングを仕切るように、ソファーが置いてある。しかし、うちにこたつはない。こたつがあるかないかで、雰囲気は全然変わる。いつもはマーリンの部屋で喋《しゃべ》っているけれど、冬場はこたつのあるリビングにお邪魔させてもらうことが多い。

「栗きんとんと煮物、かまぼことかもちょっとある」

「食べる」

「何、飲む？　ジュース？」

「お茶がいいかな」

「冷たいのでいい？」

「うん」

わたしがぼうっとしている間に、マーリンはこたつの上にお節の入ったお重やお茶や取り皿を並べていく。手伝おうかと思ったけれど、こたつから出られなかった。

並べ終えて、マーリンもこたつに入る。

「バンちゃんからメッセージ届いてた」マーリンは、スマホを見る。

「なんだって？」

「暇にしてるらしい」

「ふうん」

「呼ぶ？」

「いいの？　お父さんいない時に男の子を家にあげて」

「どうせ遅くまで帰ってこないから、ばれないよ」

ばれないとしても、いけないいんじゃないかと思ったけれど、バンちゃんだけならば大丈夫という気もする。関係性をどこからどう見ても、友達でしかない。花火大会の時も、バンちゃんだけだったら、うちに来てもらっても良かったのかもしれない。良くないことのように感じたのは、アルトもいたからだ。

「親がいないから駄目って断るのも、変じゃない？」

「そうだね」

「とりあえず、返信しておく」

マーリンがメッセージを送ったのと同時と思えるくらい、すぐにバンちゃんから返信が届く。

「来るって？」わたしは、マーリンのスマホをのぞきこむ。

「二十分くらいで着くって」

「バンちゃん一人だよね？」

「一人で買い物してたみたい」こたつの上にスマホを置く。

「そっか」

暇にしているならば一人だろうと思ったけれど、アルトも一緒なんじゃないかと少しだけ考えてしまった。アルトは、川西さんとデートでもしているのだろう。

「食べよう」マーリンが言う。

「いただきます」小皿を取り、栗きんとんをもらう。

かまぼこ以外は、マーリンのお父さんの手作りだ。毎年、三段のお重がキレイに埋まるように、作るらしい。栗きんとんや煮物は、家族三人では食べきれないほどたくさん作るため、こうして四日になってもあまっている。お節の残りが今日のマーリンとわたしのお昼ごはんだ。ダラダラ食べつづけて、夜ごはんも兼ねることになるだろう。うちは市販のお節だから、手作りは珍しい感じがするし、どれもおいしそうだ。しかし、マーリンは食べ飽きたという顔をして、煮物を取っていく。

「やっぱり、バカ舌」こんにゃくを取りながら、マーリンは笑う。

「ん？　何？」

「甘いものから食べてると思って」

「だって、栗きんとん食べたかったから」

「いいよ。いいよ。好きなものから食べなさい」

「売ってる栗きんとんより、ずっとおいしいよ」

「少し持って帰る？」

「まだあんの？」

「遥ちゃんが来たら渡して、って、別に作った分がある。でも、瀬野ちゃんの家でお菓子買ってたから、いらないかと思って」

「いるよ」

「じゃあ、帰る時に渡すね」

「うん」

栗きんとんを食べ終えて、煮物をもらう。

「お雑煮もあるけど、食べる？」

「食べる」

「お餅、何個いる？」

「二個」

「焼くから待っててね」マーリンは、台所に戻る。

なんでもやってもらえて、おばあちゃんの家にいるような気分になる。

毎年お正月は、親戚《しんせき》がおばあちゃんの家に集まっていたのだけれど、いとこの中で一番年下のわたしが高校生になったのをきっかけに、去年からやめることになった。子供たちはお年玉をもらって遊んでいればよくても、お母さんやおばさんたちは大変だったらしい。

わたしもいつか、子供を産んで、お母さんたちの苦労がわかるようになるのだろうか。

大学生になる自分も、就職する自分も考えられないのだから、結婚や出産なんてありえないことに思える。これから十年くらいの間に、それらの出来事が次々に起こっても、ついていけない気がする。

インターフォンが鳴る。

壁に取り付けられた小さな画面に、バンちゃんのアップが映る。

「出てもらっていい？」お餅を焼いているマーリンが言う。

「うん」わたしはこたつから出て、玄関へ行く。

ドアを開けると、冷たい風が入ってきた。

晴れていても、外は部屋の中よりずっと寒い。

バンちゃんは、驚いたように顔を上げる。

「いきなり出てくるなよっ！　ここから返事がくるのを待ってたのに」インターフォンを指さす。

「だって、映ってたから」

「そっか、そっか。マーリンは？」

「お餅焼いてる」

「オレのもある？」

「お昼、食べてないの？」

「食べてない」

「寒いから、中入ろう」こたつで暖まった身体が冷えていく。

「お邪魔します」

リビングに戻り、わたしとバンちゃんは、こたつに入る。

「マーリン、オレのお餅も焼いて」

「何個？」

「三個」

「二個ね」

「いや、三個」

「二個にして。六個焼いたから、二個ずつ」

「じゃあ、聞くなよ」

「後で、また焼くよ。磯辺焼きにしよう」

マーリンは、お雑煮のお椀《わん》とバンちゃんの分の小皿とお箸《はし》を持ってきて、こたつに並べる。お雑煮には柚《ゆず》が入っていて、さわやかな香りがする。

「明けましておめでとう」バンちゃんが言う。

「おめでとう」わたしとマーリンは、声を合わせる。

年末に三人で映画を見にいって、新年になってからもメッセージを送り合ったけれど、バンちゃんと会うのは今年初めてだ。年を越しただけで、何も変わっていないのに、新鮮な感じがした。

「いただきます」手を合わせて、バンちゃんはお雑煮を食べる。「昨日さ、初詣に行ったんだけど、瀬野の彼氏見たよ」

「わたしたちも、さっき会った」マーリンが言う。

「年上と付き合ってるって、なんかいやらしいよな」

「そういうことを考える方がいやらしいよ」冷たい目で、マーリンはバンちゃんを見る。

「すいません」これ以上言わない方がいいと思ったのか、バンちゃんは謝る。

わたしもちょっとだけ、いやらしいな、と考えていた。でも、瀬野ちゃんの婚約者は、女子高生だから瀬野ちゃんが好きなわけじゃない。子供の頃からお互いを知っていて、大切に想い合っているのが伝わってきて、二人の間からいやらしさは感じられなかった。

「瀬野、成績いいのに、大学行かないのはもったいないよ」バンちゃんは、話題を変える。

「お店継ぐから必要ない、ってことなんだろうね」わたしが言う。

「店を継ぐにしても、経営の勉強とか、大学に行くことは無駄にならないだろ」

「まあ、そうだね」マーリンは、お餅を飲みこむ。「でも、瀬野ちゃんには瀬野ちゃんの考えがあるんだよ。っていうか、バンちゃん、勉強の必要性を理解してるんだ」

「オレ、三学期が始まったらマジメに勉強するようになるから」

「なんで？　どうしたの？」

「受験のために、一年間がんばるんだよ。部活も大会負けて、後輩のサポートだけになるし」

「どこか行きたい大学があるの？」

「できるだけいい大学に入りたい」

「いい大学って？」

「偏差値の高い大学」

マーリンとバンちゃんが話しつづけるのを、わたしはお雑煮と栗きんとんを食べながら聞く。

「偏差値が高ければ、いい大学っていうわけじゃなくない？　考古学の研究でいい先生がいるところとかじゃないの？」

「考古学の勉強もするよ。でも、オレは中学校か高校の先生になりたい。そのためには、偏差値の高い大学に入った方がいいと思う。将来、どういう学校で働くことになるかわからないけど、説得力を持つために偏差値は必要になる」

「偏差値より経験値とかの方が先生には必要じゃない？」

「今までの経験値だけでも、友達や部活の大切さは教えられる。オレは、山岸先生みたいに生徒の意見をちゃんと聞く先生になって、考古学部の顧問になる。そう考えた時に、今のオレに足りないのは、学力だ。先生なのに、学力がなかったら、駄目だろ？」

「それは、そうだね」

「それに、オレがこれからがんばったって、私立のまあまあいいところが限度だよ」

「まあまあいいところだって、無理だよ」マーリンは、笑いながら言う。

「そんなことないっ！」

バンちゃんがそんな風に、将来のことを考えているなんて、全く知らなかった。部活に出て、アルトたちと遊んでばかりいて、卒業後のことなんて想像もしていないように見えた。バンちゃんは、学校の先生に向いていると思う。アルトと会うまで友達がいなかったと話していたから、クラスに馴染《なじ》めない生徒の気持ちも理解できる先生になるだろう。

「マーリンは、進路どうすんの？」バンちゃんが聞く。

「大学、行くよ」

「どういう系？」

「スポーツ関係かな」

「また、陸上やるの？」わたしが聞く。

「ううん」マーリンは、首を横に振る。「でも、将来は、スポーツ選手のサポートみたいな仕事ができればいいと思ってる」

「トレーナーとかっていうこと？」

「選手と直接関わる仕事じゃなくても、スポーツ用品のメーカーとかでもいい。栄養学にも興味あって、そういう勉強ができる大学も考えてる」

「そうなんだ」

「うち、食事に関しては、すごく厳しかったから。中学卒業するまで、スナック菓子もインスタントも禁止されてた。友達と同じように食べられなくて嫌だなと思ってたけど、陸上部で練習中にケガしたことはなかったし、大会前に体調を崩したこともなかった。お父さんが栄養管理してくれたおかげ」

「そっか」

「中学で陸上やめて、高校生になってからは違う何かをやりたいって考えつづけたことは、無駄にならないと思う。陸上をずっとつづけていたら、タイムの速さだけしか考えられない人になって、遥のことも嫌いなままだった」

「ええっ！　嫌いって？　何？」

「中学の時、長い髪でヘラヘラしてるのに速いからムカつく、って思ってたもん」

「そうなんだ。でも、わたしもマーリンをちょっと嫌いだった。なんか、ピリピリしてる感じがして怖かったから」

「視野を広くして、交友関係も広くなったんだな」バンちゃんが言う。「いいよ。そういう話。オレが先生になったら、生徒たちに話すから、中学の時に仲が悪かったエピソードをもっと教えて」

「仲が悪かったわけじゃないよ」マーリンが否定する。

「近寄らないようにしてただけ」わたしが言う。

「で、井上は？　進路、どうすんの？」

「……わたしは、うーん」

何も考えていないように見えていたバンちゃんやマーリンが、こうして考えていたみたいに、クラスのほとんどが進路について決めているのだろう。推薦入試を受けたりすることを考えると、二年のうちに結論を出さなくてはいけない。それなのに、わたしはまだ、何も決められずにいる。やりたいこともないままだ。

「初詣、誰と行ったの？」マーリンがバンちゃんに聞く。

わたしが黙りこんでしまったから、話題を変えてくれたのだろう。

「家族」

「彼女じゃないんだ」

「いねえよ。いたら、今日だって、彼女と会ってる」

「アルトとかとは行かないの？」

「女と違って、男だけで初詣行ったりしないんだよ。アルト、大晦日《おおみそか》から東京のおじいちゃまの家だし」

「……おじいちゃま？」

「あいつがそう言ったわけじゃないよ」バンちゃんは、栗きんとんを小皿に取る。「でも、なんか、そういう感じ。大晦日の夜は集まった親戚で、演奏会とかやるらしい」

「……演奏会？　何、それ？　お金持ちなの？」

「庶民には、わかんねえ話だ。今日の夜には帰ってくるって言ってたから、メッセージでも送って、からかってやって」

「帰ってきたら、デートでしょ」

「アルトと川西、別れた」口を大きく開けて、バンちゃんは大きめの栗を一口で食べる。

「えっ？　いつ？」マーリンが聞く。

わたしも聞きたかったけれど、言葉が出てこなかった。

「クリスマス・イブに別れ話が出て、一週間くらい話し合って、大晦日の午前中に別れたらしい」

「アルトが振られたの？」

「違う。アルトから振った」

「なんで？」

「それは、さすがにオレからは言えない」

「ああ、そうだよね」

何か言いたそうに、マーリンはわたしを見る。

わたしは進路について聞かれた以上に、何を言ったらいいのか、わからなくなってしまう。

アルトと川西さんが別れたことを嬉《うれ》しいとは感じられなかった。付き合っていた一ヵ月と少しの間に、アルトと川西さんにしかわからないようなことが何かあって、別れを決めたのだろう。そこには二人だけの秘密があり、別れたとしても、アルトと川西さんの関係をより強いものにしたように思える。

「オレが川西と付き合えたら、絶対に別れないのに」バンちゃんはお箸を小皿の上に置いて、こたつにもぐる。

「好きだったの？」マーリンは、バンちゃんに枕代わりのクッションを渡す。

「川西を嫌いな男はいないだろ。同じクラスにいるからその貴重さを忘れるけど、卒業したら女優になるんだからな。この先の人生、川西以上にかわいい女の子と知り合うことなんて、ないんじゃないかって思う。性格だっていいし。アルトのおかげで、オレもちょっと仲良くできてたのに」

「残念だったね」

「オレは、アルトが何を考えてるのか、全然わからない」

そう言いながら、バンちゃんは眠ってしまう。

マーリンは、ソファーに置いてあった膝《ひざ》かけをバンちゃんの肩にかけてからこたつを出て、食べ終えたお雑煮のお椀や小皿を台所に持っていく。

バンちゃんは、アルトの行動に困惑していて、マーリンに話を聞いてもらいたかったのだろう。わたしがいたのは、邪魔だったのかもしれない。

静かになった部屋の中に、マーリンが洗い物をする音が響く。

窓の外からは、子供たちのはしゃぐ声が聞こえてきた。

自分のことを子供みたいだと感じることはあっても、わたしたちはもう子供ではない。

今のままでいたいと思ったところで、それはできず、大人に近づいていく。

今週末には、三学期が始まる。

六時間目の終わる頃、雪が降りはじめた。

「降ってきたな」山岸先生は窓の外を見て、板書していた手を止める。

つられるように、ノートをとっていた生徒全員が顔を上げ、窓の方を向く。

誰も何も言わず、外を見つめている。

灰色の空から住宅街へ、ゆるやかに雪は舞い落ちていく。

雪は、苦手だ。

音もなく降り、景色を変えていく。

全てが雪の下に埋もれてしまう感じがする。

でも、この辺りで、世界が白く染まるほど降るのは、数年に一回くらいだ。

今降っている雪も、少し積もるだけだろう。

先生が板書をつづけ、他の生徒がノートに目を戻した後も、わたしは窓の外を見ていた。

どんなに雪が降っても、海だけは変わらず、そこにある。

席替えがなかったので、一学期からずっと同じ席に座っている。

この席で授業を受けるのも、あと一ヵ月だ。

早く帰りたかったのに、掃除当番だった上、ごみ捨てのじゃんけんで負けてしまった。

可燃ごみ、不燃ごみ、紙類、と分別されている袋を持ち、新校舎の一階にあるごみ収集所へ行く。袋から出して、それぞれ専用の箱に入れる。菓子パンの袋が可燃ごみに混ざっていたので、分別し直す。

三学期は、三年生が週一回しか学校に来ない。

生徒数が三分の二になるため、収集所のごみも少ない。

来月のはじめに卒業式があり、それから一ヵ月も経たないうちに、新入生が入ってくる。

何がやりたいのか決められないまま、二年生が終わってしまう。

高校生活をかけられるような何かを考えている時間はもうなくて、卒業後のことを決めなくてはいけない。

一年後には、大学入試を受けているなんて、信じられない。どうしたいのか悩める時間がもっと欲しい。そう思っても、進路について調べたりもしていない。大学案内を見るくらいのことはしているけれど、それだけではよくわからなくて、どこがいいのか決められなかった。世の中には、わたしの知らないことがたくさんあるのだから、色々なことを経験するべきなのだろう。高校入試の時みたいに、直感で決めてはいけない。

それなのに、マーリンやバンちゃんやアルトと遊んでいるだけで、短い高校生活のうちの二年間を終えようとしている。

けれど、マーリンもバンちゃんも進路を決めているし、アルトも決めているだろう。部活でやっているようなことをもっと専門的に勉強したい、と花火大会の時に言っていた。それから進路については話していないけれど、変わっていないんじゃないかと思う。

カラになったごみ袋を持ったまま学食の前を通り、階段を上がる。

雪が降っているので、学食は放課後の営業を休みにしたようだ。

ドアが閉まっていて、電気も消えている。

二階まで行き、図書室に入る。

すぐ左手にあるカウンターには、図書委員の当番のマーリンがいて、退屈そうな顔で天井を見上げていた。

「どうしたの？」マーリンが、わたしに気がつく。

「ごみ捨てのついで」カウンターの前に立つ。

いつもは、雑誌の閲覧スペースでお喋《しゃべ》りしている文藝部員や、奥の自習スペースで受験勉強をしている三年生がいるが、今日は誰もいない。

「戻んなくていいの？」

「うちの班、ごみ捨ての人が戻ってくるの待たないで、みんな帰ったり、部活行ったりするから大丈夫」

「そうなんだ」

「当番、一人なの？」

「もう一人は、サボって帰った。インフルエンザかもしれないとか言って」

「へえ」

当番は、クラスごとだ。うちのクラスのもう一人の図書委員は男子で、教室では元気そうにしていた。

「いても役に立たないからいいよ」

「そっか」

「何かあった？」のぞきこむようにして、マーリンはわたしの顔を見る。

「何もないよ。なんで？」

「最近、元気ないから」

「そう？」

「またアルトに何かされた？」

「ない、ない」首を横に振る。

お正月にマーリンの家に行った時、アルトと川西さんが別れたことをバンちゃんから聞いた。三学期がはじまると、アルトと川西さんは、教室でたまに話す程度の関係になっていた。二人の間に漂う気まずい空気に、クラス全員が本当に別れたんだと察した。

「進路、決めないといけないと思って」わたしが言う。

「ああ、それか」

「うん」

「スポーツ関係は？　そしたら、同じ大学行けるかもよ」

「走るのは好きだけど、どうしたら速く走れるか考えるのは好きじゃないんだよね。中学の時、それが苦痛だった」

マーリンと同じ大学を目指すというのは、とっても魅力的だ。でも、スポーツ関係の会社に就職したり、トレーナーになったりしたいとは思えなかった。

「理論的に考えるの、苦手だもんね」

「マーリンは、数学も得意だし、そういうの嫌いじゃないでしょ」

「そんなに焦らなくていいんじゃない？　うちのクラスでも、決めてない人は何人もいると思うよ」

「……うん」

「理系に進路変更するっていうことは絶対にないんだから、文系の受験に必要な科目を勉強しながら、考えれば」

「なんかさ、それだと、高校生活と同じになる気がする」

「どういうこと？」

「陸上とは違う何かがしたいと思ってたのに、何もできなかった」

「違う何かしてたじゃん」マーリンは、驚いた顔をする。

「何を？」

「夏休みにうちやバンちゃんのバイト先で遊んだり、文化祭の準備にちゃんと参加したり、球技大会で張り切ったり」

「中学の時も、球技大会では張り切ってたよ」

「大会前だと、ケガしないように手抜かなかった？」

「それは、あるかも」

中学生の時も、学校行事にはちゃんと参加していたし、手を抜こうと考えたことはないけれど、何もかも全力でできていたわけではない。いつもどこかで、部活のことを気にしていた。

「部活最優先じゃなくなったからできたことって、他にもあるよ。バスケ部とかバレー部とかに入ればよかったって考えることもあるけど、わたしは遥やバンちゃんやアルトと遊んでばかりだったことに後悔はないし、何もできなかったとは思わない」

「そうだね」

いつも一緒に遊んでくれているマーリンやバンちゃんやアルトに対して、悪いことを考えてしまった。

わたしの高校生活には、何もなかったわけではないんだ。

「こうして、放課後に喋ったりできるのも、あと一年なんだよね」寂しそうに、マーリンは自習スペースの先を見る。

そこには窓があり、裏の森が見える。

葉の落ちた木々に、雪が積もっている。

「帰るね」これ以上ここにいたら、泣いてしまう気がした。

「気をつけてね」わたしの方を見て、マーリンは手を振る。

「じゃあね」手を振り返し、図書室を出る。

教室に戻ると、思った通りに同じ班の全員が帰っていて、電気も消されていた。

ごみ袋を黒板の横のごみ箱にセットし直す。

帰ろうとしたところで、後ろのドアが開いた。

振り返ると、アルトがいた。

「何してんの？」アルトが言う。

「ごみ捨て」

「時間かかりすぎじゃないか？」

「図書室でマーリンと喋ってたから」

「ああ、そう」

「そっちは？　何してたの？」

「部室に行ってて、忘れ物を取りにきた」

「バンちゃんは？」

「塾があるから先に帰った」

「へえ」

「マーリンの当番が終わるの、待つの？」

「待たない」

「もう帰んの？」

「うん。アルトは、部室に戻んの？」

「いや、帰る」

最近は、前と同じようにというのは難しくても、クラスメイトとして普通に喋っている。放課後に、マーリンとバンちゃんとアルトとわたしの四人で、ファストフード店に寄ったりすることもある。友達に戻ったと考えていい状態だと思う。だが、二人きりになることはなかった。

「一緒に帰る？」気まずそうに、アルトが言う。

「うーん」

「なんで、悩むんだよ」

「自分だって、気まずそうにしてんじゃん。気まずいのは、こっちだからね」

「ごめん。そうだよな、帰んないよな」自分の机からノートを出して、カバンに入れる。

「……帰る」

ここで別々に帰ったら、明日からまた、話せなくなる気がした。

アルトなんて、地味だし、背だって高くないし、おもしろい話ができるわけでもないし、運動神経も鈍いし、何を考えているかわからなくて、いいところなんて勉強ができることぐらいだ。

それでも、一緒にいたい。

トイレに寄って手を洗ってから昇降口まで下りると、先に行ったはずのアルトは、そこにいなかった。

帰ってしまったのだろうかと思ったら、外にいた。

アルトは、傘もささずに、雪が降りつづける空を見上げている。

「傘、ささないの？」ローファーに履き替えてからわたしも外に出て、折りたたみ傘をさす。

「折りたたみも、お父さんのみたいなんだな」アルトは、わたしの傘を見る。

「同じだから」折りたたみ傘と長い傘は、お揃いのグレーのチェックで、一緒に買った。

「そうなんだ」

「それより、自分の傘は？」

「持ってない」首を横に振る。

「えっ？」

「これくらいの雪だったら、ささなくてもいいんじゃん」空を指さす。

風がないから、そんなに降っているようには見えないが、傘をささなくていいというほどではない。グラウンドは白く染まりはじめているし、思ったよりも積もりそうだ。

「駄目だよ。風邪ひくよ」

「北海道の人は、傘なんてささないらしいよ」

「それは、雪が降ってもいい格好をしてるからでしょ」

わたしもアルトも、学校指定のピーコートを着ている。少しくらいならば雪に降られても大丈夫そうだけれど、駅まで近いわけではない。学校の前の坂道は、雨や雪の日は滑りやすくなるから、急ぐのは危険だ。

「でも、傘、持ってないからな」アルトは、わたしがさしている傘を見上げる。

「……入る？」

「うーん」

「あのさ、ここは、気軽にサッと入ってくれないかな？」

「じゃあ、入れて。オレが持つよ」

「お願いします」傘をアルトに渡す。

相合傘になってしまった。

わたしとアルトは、友達なのだから、意識することではない。たとえば、これがアルトではなくて、バンちゃんだったら、何も気にせず一本の傘に入っていられる。それと同じことだ。

そう思っても、緊張する。

肩が触れてしまわないように、距離をあける。

「嫌なのかよ？」わたしの顔を見て、アルトが言う。

「嫌じゃないけど……」

「けど、何？」

「なんか、恥ずかしい」

「なんでだよ」バカにしたように、笑う。

「笑うところじゃないよっ！」

怒りつつも、アルトが笑ってくれることに、安心していた。

「恥ずかしいなら、さっさと帰ろう」

「うん」

体育館の前を通り、正門から出る。

アルトは左手で持っていた傘を右手に持ち替えて、車道側へ行く。相合傘というか、アルトがわたしのために、傘を持ってくれているような状態になっている。傘から出ているため、アルトの肩から左手にかけて、雪が積もっていく。

「もっと自分の方にさしていいよ。肩に雪積もってんじゃん」

「頭だけ守れれば、大丈夫」

「わたしだって、頭だけ守れれば大丈夫だもん」

「いいから」

「じゃあ、好きにしてください」どれだけ言っても、無駄だろう。

滑らないように気をつけながら、坂道をゆっくりと歩いていく。

グラウンドを使う運動部は休みになったみたいだが、体育館や部室棟ではいつも通りに部活をやっているようだ。バレー部やバスケ部の練習している声が微《かす》かに聞こえ、吹奏楽部の演奏する音が響いている。

帰るには中途半端な時間なので、わたしとアルトの前にも後ろにも、まばらにしか生徒がいない。

「旧校舎、真っ白」学校の方を振り返り、アルトが言う。

柵《さく》の向こうにグラウンドがあり、その先に旧校舎が見える。

白い壁の旧校舎は、雪の中に消えていきそうだ。

来年の春に、旧校舎は取り壊されることが決まった。

取り壊した後には、新しい校舎が建ち、パソコンやリスニングの新機材に対応できる教室が入るらしい。そのため、リスニングの授業に今使っている教室は必要なくなるので、北校舎や南校舎も徐々に改築される予定になっている。

卒業後に遊びにきても、知らない学校みたいになっているのかもしれない。

「旧校舎、好きだったんだけどな」わたしが言う。

「入ったことあんの？」アルトは、前を向く。

「ううん。だって、幽霊が出るんだよ」

「出ないよ」声を上げて、笑う。

「入ったことはないけど、たまに、マーリンと一緒にバラ園でお昼ごはん食べてた」

「そうなんだ」

川西さんの動画に映りこんでいたことを言おうかと思ったけれど、やめておいた。気まずくなるとわかっているのだから、わざわざ言わない方がいい。どうして別れたのか知らないので、川西さんの名前を出せば話の流れで聞ける気もしたが、やめておく。アルトが何を話してくれたとしても、わたしはショックを受けるだろう。

「旧校舎がなくなっても、バラ園は残ってほしいな」

「バラ、好きなんだっけ？」

「わたしはバラより桜の方が好き。マーリンは、桜よりバラ」

「そうなんだ。井上とマーリンは、オレとバンちゃんとは逆っていう感じがする」

「どういうこと？」

「オレとバンちゃんは、性格は似てないけど、好きなものは似てる。井上とマーリンは、性格は似てるけど、好きなものは似てない」

「わたしとマーリン、性格似てないよ」

「そうかな？」

「マーリンの方が大人だと思う」

「どこが？」アルトは、眉間《みけん》に皺《しわ》を寄せる。

「バンちゃんにワーッと怒ったりしてるのは子供っぽく見えても、しっかりしてるから。わたしみたいにうにゃうにゃ悩まないで、進路も決めてるし」

マーリンもまだ悩んでいるという状態だったら、こんなに焦らないのかもしれない。

同じところにいると思っていたのに、マーリンもバンちゃんも、わたしよりずっと先に進んでいる。アメリカに行った田村さんや女優になる川西さんや家を継ぐ瀬野ちゃんを、信じられない気持ちで見ていたのは、わたしだけだったのかもしれない。

「うにゃうにゃって、何？」

「なんか、そういう感じなんだよ」

「ずっと悩んでんな？　花火の時も、こういうこと話したよな」

「ああっ！　花火のことは、わたしとあなたの間では禁句です！」

「ごめん、ごめん」あきれたように、アルトは笑う。

「アルトには、あきれる権利も笑う権利もありません」

「わかったよ。それより、何をうにゃうにゃ悩んでんの？」

「うーん、だって、やりたいことないんだもん」

「やりたいことがはっきりしてるのなんて、クラスのうちの数人だろ。それで進路を決めても、やりたいことができるって、決まったわけでもないし。大学に入ってから、違うことをやりたくなるかもしれない。これ！　って、決める必要はないんじゃないの？」

「そうなんだろうけど」

「オレだって、大学や学部もなんとなくしか考えてないし、その先はまだ決めてないよ」

「考古学の勉強するんでしょ？」横顔を見上げる。

「でも、考古学者になろうとか考えてるわけじゃない」アルトも、わたしを見る。

目が合うと、胸が苦しくなるから、わたしは坂の先に広がる海の方を向く。

「卒業後もこの辺りにいたいから、電車で通える範囲の大学に行きたい。父親が転勤になった場合には、一人暮らしをする。考古学が好きだから、専門で勉強したい。将来どうするかは、大学で勉強しながら、また考える。今のところ、オレの希望は、これだけ」

「わたし、希望も、何もない」

「好きなものは、色々あるだろ？」

「うーん」

「体育、桜、オレンジジュース」アルトは、傘を持っているのとは反対の手で、指折り数えていく。「チョコとかキャラメルとか甘いもの、マーリン、バンちゃん」

「それで、行きたい大学は決められないよ」

「でも、そうやって、考えていけば、何か見つかるかもよ」

「そうだね。ありがとう」

アルトに聞いてもらえて、悩んでいた気持ちが少しだけ、楽になった。

わたしは今まで、数学が苦手だから文系、理論的に考えられないからスポーツ関係の専門的なことはできない、自分にできることは限られている、と将来をマイナスにしか想像していなかった。

まずは、自分の好きなことを考えよう。

そうすれば、そのうちに、やりたいことが見つかるかもしれない。

「好きなものに、アルトも入るよ」

「えっ?」わたしを見て、アルトは顔を真っ赤にする。

「えっ!」無意識で言ってしまったことの恥ずかしさに気がつき、わたしの顔も熱くなる。

寒さのせいにしてごまかせないくらい、赤くなっているだろう。

「マーリン、バンちゃんの並びでっていうことな」

「そう、そう。その並び」

お互いの顔を見ないように、わたしもアルトも正面を向く。

冷静になろうと思っても落ち着かず、角を曲がればもうすぐ駅というところで、わたしは足を滑らせる。

アルトのコートの袖《そで》を引っ張ってしまい、二人で転ぶ。

「大丈夫?」アルトはすぐに立ち上がり、わたしに手を差し伸べてくれる。

「……足、痛い」立とうとしたら、右の足首に痛みが走った。

転んだ時に、変な方へ捻《ひね》ってしまったせいだろう。陸上をやっていた時だって、こんな風に足が痛んだことはない。

「立てない？」

「立てるけど、一人で歩くのは辛《つら》いかも」

ずっと座りこんでいると制服が濡《ぬ》れるので、アルトの腕につかまって、そっと立ち上がる。試しに動かしてみるが、一歩進むたびに、右の足首が痛む。

「学校まで戻って、保健室に行く？」

「ううん、坂道、上れない」

「そうだよな。親は？　迎えにきてもらう？」

「お母さんもお父さんも、夜まで仕事」

「救急車、呼ぶ？」

「そこまでじゃない。折れてはないから」

「オレにつかまって、足引きずりながらだったら、歩ける？」

「うん」右の足首を動かさないようにすれば、大丈夫だろう。

「痛かったら、言って」

「ごめんね」

「いいから」

傘を持つアルトの腕にぶら下がるようにして、駅まで歩く。

痛さよりも、恥ずかしさと申し訳なさで、泣きたくなってくる。

何も言えなくなっていたら、アルトもどうしたらいいのか困っている顔で、わたしを見た。

電車を降りて、家の近くにある整形外科に行ったら、休診日だった。

「どうする？　他、行く？」アルトがわたしに聞く。

「帰る。明日も痛むようだったら、また来る」

「じゃあ、家まで送る」

「えっ？　いいよ」

「一人で歩けんの？」

「……引きずれば、どうにかなる」

「どうにかならないし、また転んだりしたら大変だから、送る」

雪は、降りつづけている。

大丈夫だといくら言ったところで、アルトが引くとは思えない。ここで別れれば、アルトは傘を持たずに、駅に戻ることになる。傘を貸すためにも、うちまで送ってもらった方がいい。

「お願いします」さっきまでと同じように、腕につかまる。

「どっち？」

「あっ、えっと、海の方から帰る」

住宅街の道は説明しにくいし、男の子と二人で歩いているところを近所の人に見られたくないので、海岸沿いの国道に出る。

「せっかくだから向こう歩こう」アルトは、砂浜に沿った遊歩道の方へ行く。

手を引っ張られて抗《あらが》えず、わたしもついていく。

遊歩道にも、砂浜にも、誰もいない。

足跡のついていない雪の上を歩く。

「ねえ、演奏会って、何するの？」わたしから聞く。

「演奏会？」

「大晦日《おおみそか》におじいちゃまの家で、演奏会やったんでしょ？」

「ああ、バンちゃんに聞いたのか」

「うん」

「そんな大したことじゃないよ。それぞれ、自分のできる楽器を弾くっていうだけで。オレは、ピアノしか弾けないし」

「ピアノだけでも弾ければ充分じゃん」

小学校三年生まで、わたしもピアノ教室に通っていたけれど、全然うまくならなかったし、外で遊ぶ方が楽しかったから、やめた。

わたしとアルトは、性格も、好きなものも、何も似ていない。

「ちょっと休憩」

そう言って、アルトは遊歩道沿いに建つ物置き小屋の前に置かれたベンチの方へ行く。屋根の下にあるので、雪は積もっていないし、濡れてもいなかった。

「うちまでもうすぐだよ」

「いいから、座って」

「うん」わたしは、ベンチに座る。

アルトは傘を閉じてから、ベンチの横にある自動販売機の前に立つ。

「何がいい？　寒いからオレンジジュースじゃない方がいいだろ？」

「なんか、あったかいの」

「ミルクティーでいい？」

「うん」

わたしの分のミルクティーと自分の分のカフェオレを買って、アルトはわたしの隣に座る。

「ありがとう。お金、払うね」ミルクティーを受け取る。

「いいよ。オレがここで休みたくて、付き合ってもらうんだから」

「ごめん。疲れたよね」

「ああ、違う。そういうことじゃない」アルトは、首を横に振る。「この辺りに住んでいても、雪降ってる日に海に来ることなんてないから、ゆっくり見たかった。うちは、井上の家ほど、海に近くないし」

「そっか」

「足、どう？」心配そうに、アルトはわたしの右足首を見る。

「大丈夫。でも、歩きつづけるのはちょっとしんどいから、わたしも休みたかった」

「痛いなら無理せず、言ってくれていいいんだからな」

「うん」

二人とも、そのまましばらく黙って、海を見る。

雪は、海に吸いこまれるように、とけていく。

そういう「ふいんき」なのに、わたしもアルトも、十センチくらい間をあけて座っていて、近づこうともしない。

「どうした？」アルトは、わたしの顔を見て、聞いてくる。

「それ、アルトの口癖だね」

「そう？」

「どうした？　って、聞く前に、わたしが何を思ってるか、もう少し考えてほしい」

「うーん」

「ごめん。気にしないで」

がまんしないといけないと思ったのに、押しこめようと決めていた気持ちが溢《あふ》れてきてしまう。

わたしは、アルトが好きなんだ。

話せなくなることも、友達として一緒にいることも、どちらも辛い。優しくされると、苦しくなる。川西さんじゃなくて、わたしを選んでほしかった。付き合っている間に二人にどんなことがあったのか考えると、胸が痛くて、息もできなくなる。

「遥ちゃん」アルトは手を伸ばし、ミルクティーを持っているわたしの手を握る。

「変な呼び方しないで」

「このままキスしたら、また怒って、帰るだろ？」

「当たり前じゃん。足痛いから走れないけど」

「うーん」手をはなし、アルトは下を向く。

「わけわかんなくて、ごめんなさい」

自分でも何が言いたいのかも、何がしたいのかもわからないのだから、アルトにはもっとわからないだろう。

「いや、いいよ」

「ねえ、川西さんと、どうして別れたの？」ショックを受けるとしても、聞くべきなんだ。

ちゃんと話さなくては、わたしもアルトも、聞いてはいけないことをずっと避けつづけることになる。

「えっと、それは」アルトは、顔を上げる。「川西、かわいいんだよ。いつ、どの角度から見ても、かわいい。いっつも嬉《うれ》しそうにオレのことを見てて、すっげーかわいいの」

「わたし、別れた理由を聞いたんだけど」

「わかってるよ。人の話は最後まで聞きなさい」

「はい」

「一年の時も同じクラスで、かわいいと思ってたけど、全然話せなかった。遠くから見るだけっていう感じで、それでいいと思ってた。二年になった頃に動画サイトを見てた時に、たまたま川西が配信やってるのを知って、アイドルのファンみたいな気持ちだった。それが夏休み前に、ああいう騒動があって、話せるようになった。といっても、あいさつするとか、すれ違った時にちょっと話すとかで、親しくなったわけじゃない。修学旅行で告白された時には驚いたし、断らないといけないと思った。でも、緊張してる川西を見てたら、その気持ちに応《こた》えたくなった」

「どうして、断らないといけないと思ったの？」

「恋愛として好きなわけではなかったから。けど、かわいいって思ってた相手だし、好きになれる気がした。あの動画騒動がきっかけで、川西はオレのことを好きになったんだろうから、応える義務があるって思った。川西、性格もいいし、将来のためにがんばっていて、尊敬もできる。オレのことをいつも気にかけてくれる。彼女としては、理想的だった。それなのに、かわいいって感じるだけで、好きになれなかった。一ヵ月くらいは、悩みながらもうまく付き合えたけど、それ以上は無理だ。放課後に一緒に帰ったり、休みの日にデートしたり、っていうだけじゃない関係になる前に、別れようって決めた。別れ話したら泣かれた。川西のことを傷つけたし、悪いことをしたって思う」

「一ヵ月以上付き合って、何もしなかったの？」

「何もって、なんだよ？」

「恋人同士がするようなこと」

シリアスな感じで話したかったのに、いつも通りの話し方になってしまう。

「手はつないだ」

「その先は？」

「してない」アルトは、わたしの目を見る。

「嘘だ」

「正直、そういうことをしたいっていう気持ちはあったよ。そこから先もできちゃうんじゃないかって思ったこともあった。川西の家、共働きで、夜遅くまで両親いない日もあるみたいだし。家に遊びにきてとか言われた時には、そういうことを期待されてるんだって考えた。でも、あのクリッとした目で見られたら、何もできなかった。川西のことをちゃんと好きになれてないのに、キスしたりしちゃいけないっていう気がした」

「うーん」

「なんだよ？」

「花火大会で、付き合ってもないし、好きでもないわたしには、キスしたのに」

「あれは、その」気まずそうにして、アルトは目を逸《そ》らす。

「何？」

「好きでもないわけじゃなかったから」波の音に消されそうな、小さな声で言う。

「聞こえません」本当は聞こえていたけれど、もっとはっきり言ってほしかった。

「井上、全速力で逃げたし。オレのこと、好きじゃないんだって思った。でも、球技大会の時、保健室で井上が泣いたのを見て、間違ったって気がついて、川西と別れないといけないって思った。バンちゃんには、井上なんかに惑わされんなよ、って言われたけど」

「わたしのせいみたいじゃん」

「いや、そういうことじゃなくて、全部オレが悪いんです」両手を膝《ひざ》につき、頭を下げる。

「球技大会の後、川西さんと腕組んで帰ってたよね？　わたし、見てたから」

「見てんなよ」嫌そうにして、顔を上げる。

「見えるようなところで、イチャイチャしながら歩くからいけないんでしょ」

「そうだけど」

「わたしだって、見たくなかったよ」

「なんで、見たくなかったの？」形勢逆転したと感じたのか、アルトは余裕の笑みを浮かべる。

「それは、言えません」下を向き、わたしはミルクティーのペットボトルをあけて、一口飲む。

「こういうことなんだよな」声を上げて、笑う。

「何が？」

「川西に対しては、こういう風に好きに話せなかった。そもそも、オレが気軽に話せるような女子は、井上しかいない」

「マーリンは？」

「オレとマーリン、二人で話すことなんて、そんなにないよ。マーリンも、オレにはバンちゃんに対するみたいに、好き勝手喋らないし。花火大会の時は、すごい怒られたけど」

アルトにとって、わたしは特別なんだと思っていいのだろう。

ちゃんと気持ちを確かめたいけれど、ここまでが限界という感じがする。

告白されたりしたら、眩暈《めまい》を起こしそうだ。

降りつづける雪の遥《はる》か先、雲の隙間から光がさし、海をオレンジ色に染めていく。

明日は、晴れるだろう。

うちの高校の卒業式には、在校生も出席する。

体育館に並べられた椅子の一番前に卒業生が座り、保護者の席があり、その後ろが二年生で、更に後ろに一年生が座る。

卒業式でふざけたりすることは許されないので、厳かに進んでいく。静まり返っている中に、校長先生が壇上で話す声と卒業生や保護者のすすり泣く音が響く。別に、校長先生の話に感動しているわけではない。中央に作られた通路から入場してきた時点で、泣きそうになっている卒業生が何人かいた。

外は晴れていて、高いところにある窓から陽が差しこむ。白い光に包まれて、全てが輝いているように見える。

去年も出席したはずなのに、全く憶《おぼ》えていない。

いつもの朝礼と同じように、退屈だと感じていただけだったと思う。お昼前には終わるから、家に帰ったら録画しておいたバラエティ番組を見ようとか、関係ないことを考えていたのだろう。今年も退屈なことに変わりはないのだが、一年生の時とは気持ちが違う。

谷田部先輩が卒業してしまう。

結局、一度も喋《しゃべ》れなかった。

遠くから見ているだけでいいと思っていたけれど、一度くらい喋りたかった。

大学に合格すると、職員室前の掲示板に、大学名と氏名を書いた紙が貼りだされる。

谷田部先輩は、私立大学にいくつか受かったようだ。学部や学科がバラバラだったから、何が勉強したいというわけではないのだろう。そのうちのどこかの大学に進み、テニスサークルに入り、女の子と遊んだりするんだ。谷田部先輩とキャンパスライフを送れるなんて、うらやましすぎる。

勉強するために大学に行くと考えると、憂鬱《ゆううつ》になる。しかし、キャンパスライフを送ることを想像すれば、楽しそうに思えてくる。

来年、大学生になれたら、まずアルバイトがしたい。カフェとか雑貨屋とか、かわいいお店がいい。お金を貯めて、海外に行ってみたい。運動系のサークルに入り、気軽にスポーツを楽しめるようにもなりたい。高校までとは、違うタイプの友達もできるだろう。二十歳になるのを待って、お酒も飲んでみたい。

遊ぶことばかり考えては、いけないのかもしれない。けれど、どうしても勉強が苦手だ。それならば、進学しなければいいという気もするが、そういう問題ではないと思う。多くのことを学びたいという気持ちは、ちゃんとある。

　まずは、自分にとって楽しいと感じられることを考えていく。これから一年間の受験勉強には、辛《つら》いことがたくさんあるだろう。乗り越えるためには、前向きな気持ちが必要だ。

　校長先生の話が終わり、卒業証書の授与が始まる。

　各クラスの担任が一人ずつ名前を呼び、呼ばれた生徒は返事をして立ち上がる。クラスの代表一名が壇上に進み、校長先生から卒業証書を受け取る。

　一年後、わたしは向こう側にいるんだ。

　ぼうっと見て、校歌を歌うだけの去年や今年とは、全然違う気持ちになるのだろう。

　小学校や中学校の卒業式とも、違うと思う。

　わたしは、泣くのだろうか。

　卒業式の後は各教室に戻って、ホームルームがあり、それが終われば帰っていい。けれど、すぐに帰る生徒は少ない。

　グラウンドや中庭や部室棟で、色々な部が卒業生とお別れのあいさつをしている。

　帰宅部には関係ないことだから帰ろうと思っていたら、関係ありそうなバンちゃんとアルトが教室に残っていた。バンちゃんの席とその隣の席に張りつくようにして、何か書いている。

「何してんの？」二人に声をかける。「部室棟、行かないの？」

「これ、まだ書いてないから」バンちゃんが言う。

卒業生に渡す寄せ書きの色紙だった。部員数が少ないから、一人一人のスペースが広い。三枚あるうちのどれも、書きされていなかった。男子しかいないため、かわいさやキレイさは、全く考えていない感じだ。黒マジックで書いた文字だけが並んでいる。それでも、先輩たちは嬉《うれ》しいだろう。

「どうして、昨日までに書かなかったの？」マーリンも来て、バンちゃんの前の席に座る。

「オレたちが悪いんじゃない。一年のせいだ」話しながらも、バンちゃんはメッセージを書きこんでいく。

「なんで？」

「あいつら、昨日までに書いておけって言ったのに、さっき持ってきたんだよ」

「ふうん」わたしも、アルトの前の席に座る。

「昨日までに書きはしたんじゃん」マーリンが言う。

「えっ？」バンちゃんは、顔を上げる。

「昨日のうちに持ってこいとは、言わなかったんでしょ？」

「一休《いっきゅう》さんか！　頓智《とんち》か！」

「そこまでのことじゃないよ」

バンちゃんがマーリンと喋っている間も、アルトはひたすらメッセージを書きつづける。

　下を向いた頭をずっと見ていると、つむじを押したくなってくるけれど、がまんする。

　先月、雪が降った日に一緒に帰って以来、アルトと二人きりになることはなかった。教室ではマーリンやバンちゃんがいるし、アルトは部活があるから帰りが重なることもない。部活が休みの日でも、バンちゃんとか男子の友達と一緒にアルトは帰っていく。放課後、スマホでメッセージを送り合うことはあるけれど、友達同士という感じの他愛ない内容だけだ。

　あの日、ちゃんと気持ちを確かめればよかった。

　このままでは、また修学旅行の時のようなことが起こるかもしれない。

　アルトのことが好きな女子なんて、そんなにいるはずがないから大丈夫と思っても、油断しない方がいいだろう。他校の考古学部の女子とも交流があるみたいだし、中学の同級生とか、わたしの知らない女友達がいる。ピアノを習っていたのならば、その教室にも女友達がいるんじゃないかと思う。

　卒業式が終わっても、すぐに春休みというわけではない。一、二年生には、三学期期末試験がある。アルトは集中して勉強したいだろうから、試験が終わって落ち着いて、休みに入ってから改めて話せばいいと考えていた。

　けれど、春休みまで待てない。あと二週間ぐらいだと思っても、長い。それに、このまま休みに入ったら、全てがなかったことのようになってしまう気がする。

待っていないで、自分から言うべきなのだろうか。

でも、それは、なんか嫌だ。

考えただけで緊張するし、なんて言えばいいかわからないし、告白されたい。

できれば、少女漫画やドラマのようなシチュエーションで、はっきりと「好きだ」と言ってほしい。

二人きりの海で、雪が降るのを見ながらという完璧《かんぺき》なシチュエーションにもかかわらず、一歩踏みこめなかったわたしには、そんな機会はもう訪れないのかもしれない。

「先輩たち、待ってんじゃないの？」マーリンがバンちゃんに聞く。

「だから、急いでんだよ。邪魔するなっ！」

「邪魔はしてないよ」

「用がないなら、帰れよ」

「ねえ、ねえ。塾、どう？　成績、良くなりそう？」

「すでに良くなってる」邪魔になりそうな話でも、バンちゃんはマーリンの質問を無視せずに答える。「期末では、マーリンや井上くらい、簡単に抜ける」

期末試験は、今度の木曜から始まる。その後も、三学期の終業式まで、模試がつづく。球技大会のように、楽しい行事はもうない。三年生になったら、校外奉仕とかにも参加しないでよくなり、模試や講習が増えていく。

「わたしも、塾通おうかな。遥は、どうするの？」

「どうしようか、迷ってる」

　春期講習から通うつもりだったのだが、塾の案内を調べたところで、止まっている。早く決めなければ、申し込み期間が終わってしまう。

「アルトは？　塾、行ってんの？」マーリンが聞く。

「行ってないし、行かない」アルトは、色紙から顔を上げる。「一年のうちから学校の勉強をちゃんとやってれば、大学に受かるはずだから。教科書に載ってないことは、入試に出ない。塾、つまり予備校は、あくまでも予備なんだよ」

「……」

　ちゃんと学校の勉強をしてこなかったわたしとマーリンとバンちゃんは、何も言えなくなる。

　入学した時にはそんなに差がなかったはずなのに、わたしたちとアルトでは、偏差値が十以上違う。同じ大学に行くためにわたしが努力しても、アルトもがんばりつづけるから、永遠に追いつけないだろう。キャンパスライフを一緒に送りたいと考えるのは、夢見すぎという感じだ。

　話しているうちに、教室に残っているのは、わたしたち四人だけになった。音楽室で、吹奏楽部が卒業生を送る曲を演奏している。

「バンちゃん、春休みは毎日、塾なの？」わたしから聞く。

「毎日、毎日、朝から夜まで勉強するんだよ。一緒に通うか？」

バンちゃんがそう言うと、アルトは一瞬だけバンちゃんを見て、色紙に目を戻した。

「知ってる人がいるところがいいなとは思うけど、遊んじゃいそうだし」

「そうだな。井上とマーリンが来たら、帰りに三人でカラオケ行ったりしちゃうよな。アルトのことは、誘ってやらないからな」

「いいから、さっさと書けよ」苛立《いらだ》っているような声で言い、アルトはまた一瞬だけバンちゃんを見る。

わたしとバンちゃんが仲良くすることに、嫉妬《しっと》してくれているのだろうか。

「わかってるよ」バンちゃんも、色紙に目を戻す。

二人が色紙にメッセージを書きつづけるのを、わたしとマーリンは黙って見る。勉強のことよりも、もっと違うことを喋りたいけれど、これ以上邪魔しない方がいいだろう。

「ちょっと、図書室行ってくる」マーリンは、立ち上がる。「委員の先輩たちがいるかもしれないから」

「うん」

「遥、どうする？　先に帰る？　すぐに戻ってこられると思うけど」

「ここで待ってる」

「わかった」

手を振って、マーリンは教室から出ていく。

バンちゃんは顔を上げて、その後ろ姿を追うように見る。

「あいつ、図書委員に好きな男でもいるんじゃないか？」

「えっ？　そうなの？」

「いや、知らないけど。そうじゃなかったら、委員なんてちゃんとやらないだろ。本も読まないくせに、図書委員って、なんでなんだよ？」

「考えたこともなかった」

委員の中にいないとしても、図書室によく来る文藝部員や自習室を利用している生徒の中にいるのかもしれない。

「本人に聞けばいいだろ」色紙三枚を書き終えて、アルトはマジックを置き、バンちゃんに向かって言う。

「聞いて、好きな人いるって言われたら、どうしたらいいんだよ？」

「友達として、応援する」

「うーん」眉間《みけん》だけではなくて顔中に皺《しわ》を寄せて、酸っぱいものでも食べたような表情になり、バンちゃんは黙る。

「そうやって悩む余裕があるうちに、自分の気持ちをはっきりさせれば」

「どういうこと？」わたしが聞く。

「後で、話そう」バンちゃんも、三枚目の色紙を書き終える。「井上がいるところで話すと、ややこしくなる。オレはちょっとトイレに行ってくる。その間に、今の会話は忘れろ」

「急いで、行ってきなさい」アルトが言う。

「すぐ戻ってくるから、二人でイチャイチャすんなよ」立ち上がり、バンちゃんは教室から出ていく。

わたしとアルトの二人きりになってしまった。

望んでいたことなのに、二人になると、どうしたらいいかわからなくなる。

「バンちゃんって、マーリンが好きなの？」黙っているのは気まずくて、わたしから聞く。

「微妙な感じ」アルトは、持っていきやすいようにマジックと色紙をまとめる。「好きって自覚してるほどじゃないけど、他の男と付き合ってほしくないとは思ってんじゃん。でも、マーリン本人とそういう話はしたくないから、井上に探り入れたんだろ」

「そっか」

お正月にマーリンの家で、眠ろうとするバンちゃんにクッションを渡したり膝《ひざ》かけをかけたりするマーリンは、彼女を通り越して家族みたいだった。付き合えばいいのにと思うが、わたしやアルトがしつこく言ったら、反発して離れてしまいそうだ。マーリンは男子ともよく話すけれど、バンちゃんよりも仲のいい男友達なんていない。自然とくっつくまで、見守った方がいい。

「相変わらず、そういう話はしないの？」

「少しは、するようになった。でも、わたしが話してるだけで、マーリンのことは聞かない」

「何を話してんの？」

「それをアルトが聞く？」

「そっか、そうだよな」

　顔を赤くして、アルトは窓の外を見る。

　窓が開いていて、風が吹く。

「遥ちゃん、春休みに二人で遊びにいこうか？」窓の外を見たまま言う。

「わたしを見て、言って」

「春休みに、二人で遊びにいこう」アルトは、わたしの目を見る。

「うん」見つめ合っていられなくて、わたしはうなずいたまま、下を向く。

「自分も、目逸《そ》らしてんじゃんかよ」

「……だって」

　痛みや苦しみを感じるのが恋ではない。

　嬉しさで胸がいっぱいになり、おさえようとしても、全身から喜びが溢《あふ》れだす。

　これが、好きっていうことなんだ。


　バンちゃんとアルトが出ていき、教室にはわたし一人になった。

　自分の席に戻り、窓の外を見る。

グラウンドでは、サッカー部が卒業生対一、二年生で、試合をしている。それを見ている女子の後ろを、バンちゃんとアルトが部室棟の方へ歩いていく。何を喋っているのか、バンちゃんがアルトの肩の辺りを叩《たた》いた後で、アルトがバンちゃんの背中を叩く。

あの二人は、わたしとマーリンとは違い、女子の誰がかわいいとか誰が好きとか、よく話しているのだろう。雪が降った日も、アルトは「バンちゃんには、井上なんかに惑わされんなよ、って言われたけど」と、話していた。聞き流してしまったが、それはつまり、わたしへの気持ちを相談していたということだ。今も、春休みに遊びにいくことになった、と報告しているのかもしれない。

やめてほしい。

これから先も、全て報告し合うのだろう。あの二人は、一生親友でいつづけるんじゃないかと思う。

それとも、クラスが離れたり、別々の大学に進むことになったりしたら、友達でいられなくなってしまうのだろうか。一年生の時、バンちゃんとアルトは違うクラスだったから、今ほどベッタリくっついていたわけではないはずだ。

来月には、北校舎のどこかの教室で、わたしたちは授業を受けるようになる。

アルトは成績上位者の集まる一組になるだろう。もし、そうではないとしても、今年と同じように、四人が一緒のクラスになるのは難しいことだ。確率の計算なんてできないけれど、二百人くらいいる生徒の中から二年連続で四人一緒というのは、可能性の低いことだと思う。二年生の一年間だけでも、同じ教室で過ごせたことは、とても幸運だった。

それは、奇跡のようなことなんだ。

大切な友達や好きな男の子と同じ教室にいて、毎日一緒に過ごす。そんな日々は、もう二度と送れないのかもしれない。

「ごめん、遅くなった」マーリンが教室に入ってくる。

「ううん。大丈夫」

「バンちゃんとアルト、もう部室棟に行っちゃったんだ」わたしの前の席にカバンを置き、窓の外を見て座る。

「さっき、出てった。そこにいる」部室棟に入っていく後ろ姿を指さす。

「あっ、本当だ」

まだお互いの腕や背中を叩き合っている。

男二人で、イチャイチャしすぎだ。

わたしの一番のライバルは、川西さんでも、他の女の子でもなくて、バンちゃんなのかもしれない。

「仲いいね」二人を見て、マーリンは笑う。

「うん」

バンちゃんのことをどう思っているか聞きたいけれど、やめておく。わたしが聞いても、マーリンは「ありえない」としか、言わないだろう。バンちゃんからアプローチしなくては、マーリンの心は動かないんじゃないかと思う。

「海老《えび》の天ぷら、どうしたの？」わたしから聞く。

マーリンの通学カバンにずっとぶら下がっていた海老の天ぷらのキーホルダーが、いつの間にかなくなっている。

「欲しいって言われたから、あげた」

「誰に？」

「文藝部の三年」

「えっ？　なんで？」

「だから、欲しいって言われたから」

「欲しいって言われたら、大切なものをあげるような、相手なの？」

「そんなに大切じゃないよ。また作ればいいし」

「……でも」

「当番の時にお喋りしたり、仲良くしてた先輩だし」

「ふうん」

「遥も、欲しかったの？」

「いらない」首を横に振る。「そういうことじゃなくて、マーリンにそういう相手がいたんだなって」

「仲のいい先輩ぐらい、いるよ。遥だって、わたしとだけ、遊んでるわけじゃないでしょ？」

「あれ？　その先輩って、女？」

「そうだよ」マーリンは、うなずく。

「ああ、それなら、いいや」

勝手に、男の先輩に海老の天ぷらを上げたところを想像してしまった。わたしの知らないところで、マーリンの恋が始まっていたのかと思った。

「何？」

「いやあ、マーリン、図書室に好きな男子でもいるのかと思って」

「いないよ」

「そうだよねえ」

「いたら、遥には一番に言うから」

「わかった」

しばらく黙って、窓の外を見る。

海はもう、春の色だ。

穏やかで、柔らかく光る。

「やっぱり、この席はいいよね」マーリンが言う。

「離れたくない。永遠に高校二年生でいたい」

「一年座れたんだから充分でしょ」

「そうだけどさあ」

「でも、不思議だよね、子供の頃からずっと海を見ているのに、いつまでも見飽きない」

「そうだね」

大人になって、辛いことや悲しいことが起きた時、わたしたちはこの教室から見た景色を思い出すんじゃないかという気がする。

「勉強しなきゃいけないけど、春休み、どこか遊びにいこうね」

「うん」うなずきながら、さっきのアルトとのやり取りを思い出して、わたしは笑ってしまう。

「どうしたの？」

「春休み、アルトと二人で出かけることになった」

「そうなんだ！　良かったね！」嬉しそうに、マーリンは言う。「どうなるか心配だったから、安心した」

「そっか、ごめんね」

ちょっと意外だった。

マーリンは、アルトなんかやめた方がいい、と怒るかと思っていた。

わたしがマーリンとバンちゃんを無理にくっつけようとしない方がいいと黙っているのと同じで、マーリンも何も言わずに待ってくれていたのだろう。

「いいよ、謝ることじゃないよ」

「ありがとう」

「春休み、楽しみだね」

「うん」

「あいつ、フラフラしそうだから、もう離れないようにね」

「えっ？　フラフラしそうって、何？」

「良く言えば、優しいから。他の女の子に言い寄られても、はっきり断れないっぽいじゃん」

「ああ、それはある気がする」

アルトは女の子に厳しいことを言えないから、余計な問題に巻きこまれそうだ。川西さんにだって、はっきり言えなくて、別れ話に一週間もかかったのだろう。でも、厳しいこともキツいこともなんでも言い合えるわたしは、それだけ特別ということだ。

「わたしも、受験勉強だけじゃなくて、恋愛もがんばろう」

「いいなって思ってる人ぐらいは、いるの？」

「これから探す。春期講習とか行けば、出会いがあるかもしれないし。そのために行くんじゃないけど。でも、彼氏ができて、一緒に勉強できたら、楽しそうだよね」

「うーん」

「どうしたの？　変な顔になってるよ」マーリンは、わたしの頬を引っ張る。

「言いたいことを堪《こら》えてるの」

　言わない方がいいと思っているのに、マーリンのようにうまく隠すことができない。さっき、顔中に皺を寄せていたバンちゃんと同じような表情になっているだろう。

「アルトとのことで、まだ何か話したいの？」

「違う」首を横に振る。

「何？」

「マーリン、バンちゃんのことはどう思ってるのかなあ、って考えていて。しつこいって、わかってるんだけど。四人で遊びにいくのも、ダブルデートみたいになれば、楽しいし」

「うーん」いつもはすぐに否定するのに、マーリンは斜め上を見て、考えこんでいる顔をする。

「どう？」

「考えてはいる」

「えっ？　そうなの？」

「二年間同じクラスでずっと一緒にいたから、クラスが離れたら寂しいだろうな、っていうぐらいだけどね」

「ふうん、そっかあ」

　四人でまた同じクラスになりたいけれど、離れた方がマーリンとバンちゃんにとっては、いいのかもしれない。

「そういうのは、無理に決めることじゃないから、自然に気持ちが動いたら、また考える」

そう言って、マーリンは席を立ち、窓を閉めて、カバンを持つ。

「そうだね」わたしも、カバンを持って席を立つ。

電気を消し、教室から出る。

ドアを閉める音が、誰もいない廊下に響く。


「ああ、そこの女子、ちょっと待って」

正門を出たところで、裏の森の方から来た男子のグループに呼び止められた。

テニス部の卒業生だ。

森の奥にあるテニスコートに行っていたのだろう。

後ろの方に、谷田部先輩もいた。

「わたしたち、ですか？」マーリンが聞く。

「正門のところで写真撮りたいんだけど、お願いしていい？」

「ああ、はい」

「オレの充電切れそうだから、谷田部ので撮って」

声をかけてきた先輩がそう言うと、谷田部先輩がわたしたちの前まで来る。

「お願いしていい？」谷田部先輩は、わたしとマーリンにスマホを差し出す。

マーリンはわたしの背中を押して、一歩下がる。

「あっ、はい」わたしは、谷田部先輩からスマホを受け取る。「ここ、押せばいいですか？」

「うん。二枚か三枚、撮ってもらえると、助かる」

「わかりました」

「後で、みんなに送るやつだから、うまく撮ってね」

「はい、任せてください」

緊張で手が震えるけれど、絶対にスマホを落としてはいけない。

先輩たちは、学校名が書かれたプレートを囲み、並んで立つ。

「撮ります！」全員が入るようにして、シャッターを押す。

それぞれがポーズや立ち位置を変えるのに合わせ、三枚つづけて撮る。

「どう？」谷田部先輩がわたしに駆け寄ってくる。

「あの、これで大丈夫でしょうか？」スマホを返す。

「大丈夫」

「えっと、その、卒業、おめでとうございます」

「ありがとう」笑顔でそう言ってくれる。

まだ校舎内で写真を撮ったりするのか、谷田部先輩と他のテニス部の卒業生たちは、わたしとマーリンに手を振りながら、校内に入っていく。

　わたしとマーリンは、小さくお辞儀を返し、坂を下りる。

　何も言わないまま、しばらく歩く。

　立ち止まり、桜の木に手をついて深く息を吸い、気持ちを落ち着かせる。

「喋ってしまったよ！」

「浮気だ」マーリンは笑い声を上げる。

「違うよ！　なんで？」

「アルトがいるのに、谷田部先輩と話して、浮かれてる」

「浮かれてるけど、浮気じゃないよ。アルトと谷田部先輩は、違うもん」

「どう違うの？」

「谷田部先輩は、アイドルと同じ感じ」話しながら、また歩きだす。「話せたらいいなとか、一緒にキャンパスライフを送りたいとか、妄想することが楽しいの。だから、あれだけ話せれば、充分。あれ以上、近づいたら、楽しくなくなっちゃう」

「だから、テニス部に入らなかったの？」

「えっ、どういうこと？」

「遥、そんなに谷田部先輩が気になるなら、テニス部に入ればいいのにって思ってた。けど、そうすると、近づきすぎるから嫌だったんじゃないの？」

「そう、そう。そういうこと。テニス部の先輩と後輩として、仲良くなったら、駄目なの。現実的なところとか嫌なところとかは、見たくない。あと、わたし、多分、谷田部先輩よりもテニスうまいから。憧《あこが》れていられる距離感は、保っていたいの」

「アルトは、どういう感じなの？」

「できるだけ一緒にいたいし、もっと話したい。嫌なところも、全部を知りたい。他の女の子とは、喋らないでほしい」

「へえ、そうなんだ」引いているような目で、マーリンはわたしを見る。

「マーリンは気にせず、アルトと話していいよ」

「そこに引いてるんじゃない」首を横に振る。

「どこに引いてるの？」

「恋をして、遥がバカになっちゃった」

「……うーん」

「いいよ、いいよ。遥が幸せそうにしてるのは、わたしも嬉しいから」

「ありがとう。でも、浮かれすぎないようにする」

自分でも、ちょっと浮かれすぎという気はしている。

春休みは楽しみだけれど、その前に期末試験がある。ちゃんと勉強もしなくてはいけない。春期講習のことも、早く決めよう。

「髪、どうするの？　また伸ばすの？」

「伸ばさない。短い方が軽いし、楽だから」

去年の終わりに切って以来、髪は短いままだ。

また伸ばそうかと思ったけれど、高校生のうちは、このままにすることにした。

海から吹く風が、毛先を揺らす。

「あっ、あそこ」マーリンは、斜め上を指さす。

「どこ？」

「そこ、もう蕾《つぼみ》になってる」

「本当だ」

桜の枝の先に、蕾がいくつかついていた。

今年は、早く咲くのかもしれない。

もうすぐ、この坂道は、桜の花でいっぱいになる。

解説

カツセマサヒコ（小説家）

もしも走馬灯を見る日が来たら、あの瞬間は確実に思い出されるだろうな。何気なかったけれど、あの空気を、時間を、感覚を、私はきっと忘れないだろうし、これからも、何度も思い出す気がする。

そう思えるシーンが、人生にいくつかある。高校時代、初めてできた恋人とお台場《だいば》に行った。三十分近く海を見続けていて、その間、お互いに何も喋《しゃべ》らず、つまり、「ふいんき」を作りたかったのだろうけれど、その後にようやく、ファースト・キスをした。そのときのお台場の、風も波もない、穏やかで、滞留している空気に包まれている感覚。また、地元の小さな公園のベンチで、幼馴染《おさななじ》みとただ「毎日つまんねえなあ」と語り合っていた、土曜の午後の陽射し。もしくは、友人の車で鎌倉《かまくら》まで向かっているとき、直射日光を浴びたダッシュボードが火傷《やけど》するほど熱くて、触らない方がいいと言われたときの、車内の匂い。そういう、どうしようもなく些細《ささい》な瞬間を、なぜか大人になった今でもハッキリと思い出すことができる。

それらは頭の中で、隅まで掃除しきれずに残った特別な記憶だ。なかなか過去にならずに、剥《む》き出しのまま、リアリティを持って今も頭の中に留《とど》まり続けている。私はそれを思い出すたび、懐かしい気持ちとともに、当時にはもう戻れないことへの歯痒《はがゆ》さと儚《はかな》さを感じる。少しだけ胸を痛めて、それも受け入れて、また現実に浮上する。

　本作はまさにそうした、何気ない、でも、確実に存在していた、眩《まばゆ》い光の日々の連続を描いている。遥《はるか》、マーリン、バンちゃん、そして、アルト。同じ高校に通う四人は、スクールカーストのトップに立つわけでもなければ、いじめられているわけでもない。よくいる、「ふつうの子」たちだ。そもそもこの物語は、前提として「クラスは平和である」という、それだけで奇跡のような環境にあることが、序盤で語られている。陰湿ないじめが行われている教室も、おそらくは同じ学校内にだってあるだろう。でも、彼女たちのいるクラスに、そうした事件は起きない。クラスメイトが学内で動画配信をしたことが問題になっても、その一人をおとしめるのではなく、学校側のルールにみんなで立ち向かっていく。その様子は、一種の理想郷を見ているようだった。

　事件が起きない青春小説を描くのは、本来、とても難しい。たとえばわかりやすい悪者がいたり、絶望的なまでの窮地を描ければ、それだけで物語に山場を作りやすくなる。しかし、作者は本作において、そうしたわかりやすい展開よりも、何気ない日常、平熱の日々を描くことに徹しており、そうすることで、彼女ら・彼らの心の機微をダイナミックに描くことに成功している（たとえば、花火大会のキスシーン以降は、遥とアルトの心情の変化を知りたくて、夢中でページをめくっていたはずだ）。

何より、我々が経験したはずの多くの青春は、「事件が起きないこと」こそ、最大のリアリティとして受け止められていることを、忘れてはならない。桜に囲まれた坂道も、学校をサボって入った梅雨の時期の水族館も、海の家のかき氷も、文化祭の準備の光景も、修学旅行の小さな部屋も、花火大会の最低のキスも、フィルムカメラで撮影したように淡いまま、でも、確かに鮮明に綴《つづ》られていく。そのどれもが、言ってしまえば、ただの日常である。それらを甘く、瑞々《みずみず》しく感じたり、せつなさを覚えたりするのは、我々読者が、いや、登場人物たちもみんな、いつかこの青春に終わりがくることを、知っているからだ。

「懐かしいと寂しいは、似てるからな」（本文より）

序盤のアルトの発言は、この物語全体が纏《まと》う空気そのものを表していたと思う。いつだって「懐かしいね」と青春時代を振り返るときは、その近くに「寂しいね」が隠されている。

遥は学校をサボるきっかけとなった長い夢の中で、校舎の屋上という「現実・現在」から、遊園地の観覧車という「理想・夢」を見つめる。直後、悲しい顔をしたピエロが観覧車から放り出され、自分のところに落ちてくる。

遠くで見ていたら楽しそうな場所なのに、近くに降ってくると、悲しく、怖くなる。それは「将来」そのもののようにも感じられる。

高校時代の三年間というのは、生まれて初めて、未来や将来に対して恐怖を覚える時期ではないだろうか。幼い頃は遥《はる》か遠くに輝いて見えていた未来が、高校に上がった途端、進路希望票や文理選択という形で、突如具現化されて目の前に立ち塞《ふさ》がる。あんなに輝いていたはずの未来は、いつの間にか「選ぶ」というより「捨てる」感覚で自ら選択肢を削り、みすぼらしい姿になってしまう。そのプレッシャーに耐えきれず、現実逃避したり、現在の環境から離れることを過度に恐れたりするのが、高校時代というものではないだろうか。

夢を見た後、遥は学校をサボり、通いなれた水族館に足を運ぶ。

彼女は祖母から素潜りを教わっていたこともあり、海の広さ、自由な空間が、水族館のそれよりも快適で、良いものだと認識している。

自由に泳ぎ回れない小さな水槽の中で、限られた仲間としか会えずに、生涯を終えていく。（本文より）

水族館の魚たちを見て、遥はこのような感想を抱き、それが本作のタイトルにも起用されている。わざわざ言うまでもなく、水族館の水槽は、学校生活、とくに教室で過ごす日常へのメタファーである。

高校の教室という限られた空間で、たまたまクラスメイトとなった人たちと交友関係を深め、卒業までそこにいる。水槽に当てはめれば、海のように広い世界にいられないことを悲観的にも捉《とら》えられるが、教室の中が全てだったあの頃は、そこで一喜一憂することそのものが楽しく、愉快で、たまらなく愛《いと》おしかったはずだ。作者はその両面を伝えるために、このタイトルを選んだのではないか。

水槽（つまり遥たちのいる学校）が置かれた場所にも注目したい。江《え》ノ島《しま》や湘南《しょうなん》エリアをイメージさせる海沿いの街の景色である。青春小説に不可欠な舞台装置とも言える「海」や「桜並木」が背景にあり、できすぎない主人公たちがそこを歩く姿を想像するだけで、読者はたちまち、十代のじれったい日々を思い出す（しかし、海が見える教室で青春時代を送れなかったことは、自分の人生の後悔の一つに挙げられるかもしれない）。

クラスの端っこで男女四人が仲良くなることも、その舞台が海沿いであることも、挑戦的な要素ではなく、あくまでも王道のド真ん中だ。それでも飽きが来ずに最後まで読み切らせるのは、作者から登場人物に注がれた誠実な眼差《まなざ》しと軽妙な筆致に加え、十六～十七歳という青の時代が持つエネルギーに、私たちが惹《ひ》き込まれてしまうからだろう。自分自身でもコントロールが効かないほど大きな感情や、素直になれない想いや、迫り来る将来への漠然とした不安。そうしたものから逃避したり、時に向き合ったりして、少しずつ成長していく彼女ら・彼らの姿に、当時の自分を重ねて、また懐かしくなったり、寂しくなったりできる。

こうした作品が世に存在するからこそ、私たちは「青春時代」というなんとも捉えにくいものを、心から抱きしめることができるのだ。

本書は、二〇一八年七月に小社より刊行された
単行本を文庫化したものです。

水槽《すいそう》の中《なか》

畑野智美《はたのともみ》

令和4年 3月25日　初版発行

発行者●堀内大示

発行●株式会社KADOKAWA
〒102-8177　東京都千代田区富士見2-13-3
電話　0570-002-301（ナビダイヤル）

角川文庫 23094

印刷所●株式会社暁印刷
製本所●本間製本株式会社

表紙画●和田三造

ISBN 978-4-04-111899-3　C0193

◇◇◇

角川文庫発刊に際して

角川源義

第二次世界大戦の敗北は、軍事力の敗北であった以上に、私たちの若い文化力の敗退であった。私たちの文化が戦争に対して如何に無力であり、単なるあだ花に過ぎなかったかを、私たちは身を以て体験し痛感した。西洋近代文化の摂取にとって、明治以後八十年の歳月は決して短かすぎたとは言えない。にもかかわらず、近代文化の伝統を確立し、自由な批判と柔軟な良識に富む文化層として自らを形成することに私たちは失敗して来た。そしてこれは、各層への文化の普及滲透を任務とする出版人の責任でもあった。

一九四五年以来、私たちは再び振出しに戻り、第一歩から踏み出すことを余儀なくされた。これは大きな不幸ではあるが、反面、これまでの混沌・未熟・歪曲の中にあった我が国の文化に秩序と確たる基礎を齎らすためには絶好の機会でもある。角川書店は、このような祖国の文化的危機にあたり、微力をも顧みず再建の礎石たるべき抱負と決意とをもって出発したが、ここに創立以来の念願を果すべく角川文庫を発刊する。これまで刊行されたあらゆる全集叢書文庫類の長所と短所とを検討し、古今東西の不朽の典籍を、良心的編集のもとに、廉価に、そして書架にふさわしい美本として、多くのひとびとに提供しようとする。しかし私たちは徒らに百科全書的な知識のジレッタントを作ることを目的とせず、あくまで祖国の文化に秩序と再建への道を示し、この文庫を角川書店の栄ある事業として、今後永久に継続発展せしめ、学芸と教養との殿堂として大成せんことを期したい。多くの読書子の愛情ある忠言と支持とによって、この希望と抱負とを完遂せしめられんことを願う。

一九四九年五月三日